우리가 자전거를 타야 하는 이유

The Cyclist's Manifesto
Copyright © 2009, Robert hurst
All rights reserved

Korean Translation Copyright © 2010 by somensum Publishing Co.
Korean Translation right arranged with Morris Book Publishing, LLC. throught
Duran Kim Agency, Seoul.

이 책의 한국어판 출판권은 듀란킴 에이전시를 통한 Morris Book Publishing, LLC.와의 독점
계약으로 섬앤섬 출판사가 소유합니다. 저작권법에 따라 보호를 받는 저작물이므로 무단전재
와 무단복제를 금합니다.

자연·문명·인간이 공존하는 지름길

로버트 허스트 지음
박종성 옮김

우리가 자전거를 타야 하는 이유

'운동과 이동을 동시에 해결하는 자전거 타기의 즐거움'

섬앤섬
somensum

차례

1. 우리가 자전거를 타야 하는 이유
현대 운송기기의 뿌리, 자전거·8 / 두 마리의 새·11 / 자전거 라이더의 연비는 리터 당 425킬로미터·14 / 운전을 덜 하면 더 산다·17

2. 재미있는 세상
안팎의 소음·22 / 보이지 않는 해법·26

3. 괴물의 탄생
밤길의 꿈·32 / 자전거라는 것·34 / 맥심, 포프, 라이더들·37 / 심각한 일들·41 / 자전거의 힘·45 / 포드와 킹·46 / 도주·49 / 자전거 연옥에 빠지다·50 / 낙타의 나라·53 / 자유 혹은 억압·57 / 자전거인의 배타성과 폐쇄적 사고·62

4. 거물의 도래
두려움보다 더 빠르게·68 / 메이저 테일러 대 톰 쿠퍼·72 / 거물의 도래·78 / 999·82 / 톰 쿠퍼의 사망·86 / 메이저 테일러의 사망·88

5. 유용성
실용자전거·94 / 최강의 자전거 선발 타격대·96 / 중국의 자전거 문화·99 / 공무 집행용 자전거와 비공무용 자전거·102 / 크리티컬 매스·107 / 자전거 폭탄 테러·112

6. 외부자들
반짝 인기·116 / 스타일의 방향이 바뀌다·117 / 자전거 복장·121

7. 바퀴의 도전
윌라드 비틀거리다·128 / 두려움 그 자체·130 / 많으면 안전하다?·136 / 포터의 추종자들·141 / 새로운 혁명·145 / 재미와 역사의 짐·153 / 증오·155 / 무법 라이더의 신화·159 / 이동규약·164 / 법질서·167

8. 동력화의 슬픈 꿈
에너지 밀도·174 / 이중의 추락·177 / 자원 고갈은 현재 진행형·182 / 노상의 파이, 유모혈암 개발·191 / 대체 문구·193 / 역사의 오류인가·194 / 유럽에서 생긴 일·199 / 새로운 비전·204 / 새로운 요구·209 / 철부지 운전자들·213 / 좋은 것·218 / 국가는 구세주인가 봉인가·225 / 연비 문제·227 / 어중간한 해법·229 / 새로운 계획들·232

자전거의 역사와 종류·236

옮긴이의 글·240

1
우리가 자전거를 타야 하는 이유

현대 운송 기기의 뿌리, 자전거

자전거에 관해서라면 오빌$^{Orvill\ Wright}$은 윌버$^{Wibur\ Wright}$보다 더 열광적이었다. 1892년 안전자전거 열풍이 세상을 휩쓸던 무렵 오빌은 거금 160달러를 들여서 신형 컬럼비아 자전거를 한 대 장만했다. 윌버는 경매에 나온 이글 자전거를 샀다. 오빌은 컬럼비아를 타고 트랙 경주를 했다. 윌버는 '대단한 곡예 스케이터이자 데이턴 시 최고의 철봉 체조꾼'으로 명성이 높았다. 둘 다 자전거로 먹고 살 수 있겠다고 생각했다. 이들 라이트 형제는 의기투합해서 공동으로 자전거 가게를 열었다. 그리고 자전거 판매, 정비, 제작까지 하게 됐다.

초창기의 모든 자동차에는 '자전거'라는 맥박 힘찬 심장이 깃들어 있었다. 그뿐만 아니라 자전거는 하늘을 나는 기계, 곧 비행기의 개발에도 지대한 영향을 주었다.

키티 호크에서 라이트 형제는 초보적인 비행기를 개발하고 시험하면서 여러 가지 자전거 부품을 활용했다. 랜딩 기어에는 자전거 바퀴 허브를, 날개에는 바퀴살을, 프로펠러 추진 장치에는 기어 등을 갖다 썼다. 그런데 자전거 부품도 부품이지만 라이트 형제는 이 자전거라는 탈 것에 내재된 고유한 물리학을 완벽하게 이해하고 있었기 때문에 성공할 수 있었다.

비행 원리의 비밀을 풀려고 몰두하다 보니 라이트 형제는 자연스레 새들을 관찰하고 연구하게 됐다. 윌버는 해안가에서 새들을 추적하며 그 관찰 내용을 꼼꼼히 기록했다. 날개의 미세한 뒤틀림, 땅에 내려앉을 때 몸통의 흔들림 등 그때까지 아무도 주시하지 않던 세부 요소들을 관찰해 냈다. 동시에 라이트 형제는 자전거 타기의 물리학에 깃들어 있는 미묘한 특성들을 파악하려고 했다. 그것 또한 (새의 움직임 못지않게) 신비롭고, 명료하게 알기가 어려운 것이었다. 자전거를 탈 때의 균형 잡기와 핸들 조작에 대한 자신들의 경험과 연구 그리고 정말 흥미로운 역핸들 조작 counter-steering(자전거로 주행하다가 어떤 방향으로 회전하려면, 평형을 유지하며 가고 있는 자전거에 기울기를 만들어 내기 위해 전환하고자 하는 방향의 반대쪽으로 먼저 꺾어주어야 하는 데 이를 역핸들 조작이라 함- 옮긴이) 현상을 이해하게 되면서 그들은 인류 최초로 하늘을 나는 기계를 복합적으로 제어하려면 무엇이 필요한지를 파악하게 됐다. 라이트 형제는 이러한 제어 비행 또한 라이더들이나 체조선수들, 스케이터들이 균형을 유지하려고 하는 끊임없는 조정 동작과 원리가 똑같은 것임을 알아 냈다. 공기를 뚫고 날아가는 비행체를 왜, 그리고 어떻게 제어해야 하는지를 이해한 일은 이들 형제가 비행기의 개발에 기여한 여러 공로 중에서도 단연 최고의 것이라고 단언할 수 있다. 이 성과는 그들이 무엇보다도 자전거를 잘 알았던 데에서 비롯한 것이다.

　말이 안 되는 소리처럼 들릴지는 모르지만, 자전거를 타는 것은 하늘을 나는 것과 비슷하다. 자전거를 타고 회전을 하다보면 공중에 떠 있는 듯한 기분 좋은 느낌이 든다. 몸은 공중에서 움직여 가지만, 금속 파이프와 바퀴로만 된 간결한 차체 위에 얹힌 채 땅 위에 정지해 있기도 한 것이다. 라이더는 공중에 부양해 있는 것이다. 최소한 공기를 채운 바퀴 위에 떠 있는 것이다. 그리고 움직이는 수단의 대부분은 라이더 자신이라고 할 수 있다. 그는 새가 하는 것처럼 몸을 기울여 회전을 한다.

　이런 느낌은 자전거 타기에서만 고유하게 나타난다. 네 바퀴로 된 탈것을 모는 사람들은 절대로 느낄 수도 알 수도 없는 것이다. 그들은 아마 다른 종류의 짜릿함을 즐기겠지만 확실히 이와는 다르다. 심지어는 모터사이클 라이더도 느낄 수 없는 것이다. 기계의 무게가 상대적으로 엄청나게 무겁고 무게 중심이 낮은지라, 모터사이클을 타고 회전하는 일은 자전거를 타고 하는 것보다 훨씬 덜 역동적이고 살아 있다는 느낌이 약하게 전해진다. 모터사이클 애호가 중에는 자전거도 겸해 타는 사람들이 있다. 이들의 증언에 따르면, 모터사이클로 시속 250킬로미터로 달릴 때의 느낌과 자전거로 시속 60킬로미터로 달릴 때의 느낌이 비슷하다고 한다. 모터사이클은 대단히 견고하게 느껴지는 탑승감을 준다. 그러나 이는 저예산으로 짜릿함을 추구하는 사람들은 그다지 선호하지 않는 방식이다.

 두 마리의 새

어떤 운동을 하느냐는 크게 중요치 않다. 다리 근육을 많이 쓰면서 나이와 체력, 적성, 경험 등에 적합하기만 하면 다 좋다.

폴 더들리 화이트^{Paul Dudley White} 박사

자전거를 타는 것은 돌팔매 한 번에 두 마리의 새를 잡는 것과 같다. 자전거는 효과적인 운송수단이자 운동수단이다. 그것도 동시에 행하는. 평소에는 이 둘중 어느 하나를 선택해야 할 때가 많지만, 자전거를 타면 이 두 가지를 한꺼번에 도모할 수 있는 것이다. 참으로 현명한 선택이 아닐 수 없다.

그러나 자전거를 타려면 몇 가지 감수해야 할 위험들도 있다. 자전거의 특성상, 그리고 아무래도 내 몸처럼은 다뤄지지 않는 기계이다 보니 입게 되는 소소한 부상들이 그것이다. 물론 어떤 부상은 좀 더 심각할 수도 있다. 자동차가 개입한 충돌인 경우 위험도는 더 올라간다. 그러나 이 모든 위험성을 감안한다 하더라도 자전거를 타는 행위는 믿을 수 없을 정도로 놀랍게 건강에 유익하다. 영국의 학자인 메이어 힐먼^{Mayer Hilman}은 자전거를 탐으로

써 입는 건강 혜택이 그로 인한 위험성보다 20대 1의 우위에 있다고 진단했다. 공장 노동자들을 집단 조사한 연구자들은 평균적으로 꾸준히 자전거를 타는 노동자들의 건강은 10년 연하의 자전거를 타지 않는 노동자들의 그것과 같다고 말하고 있다. 나쁜 병이나 심장마비로 죽게 될 가능성이 부쩍 줄어드는 것이다. 그만큼 자전거 타기는 좋은 운동이다.

육체를 쓰는 운동은 정신 건강에도 좋다. 운동을 지속적으로 열심히 하다보면 스트레스를 처리할 수단이 저절로 생겨나는데, 몸의 엔진을 돌리면서 그것을 모조리 태워버리기 때문이다. 이렇게 되면 건전한 심리상태를 유지할 수 있다. 아이젠하워 대통령의 건강을 관리했던 폴 화이트 더들리 박사는 운동에는 정신기능에 영향을 주는 힘이 있다는 걸 신봉한 사람이었다. 40년 전에 그는 이렇게 역설했다. "튼튼한 몸이라 말할 때에는 뇌의 건강도 포함이 된다…… 육체를 움직이는 행위는 정서적인 스트레스나 정신의 피로를 푸는 가장 뛰어난 해독제 중의 하나이다. 어쩌면 그 중 최고일지도 모르겠다." 인간에게는 수면과 음식, 모험이 필요한 것처럼 운동도 필요하다. 반드시 자전거 타기가 아니어도 다른 뭔가는 해야 한다. 운동을 하지 않는 결과는 도심에서 자전거를 타다가 발생할 수 있는 일보다 훨씬 더 안 좋기 때문이다.

현대인의 삶은 내리막길에 있다. 사람들은 더 많이 더 고되게 일을 한다. 쉰다고 해봐야 길지 않은 시간이라 치토스(1948년에 나온 대중적인 스낵 과자-옮긴이)나 우물거리면서 텔레비전을 보거나 컴퓨터 앞에서 시간을 때우는 게 고작이다. 비만은 이제 일상의 병이 되었다. 군살은 여가시간의 길이와 반비례로 불어난다. 이게 딜레마다. 그러나 고맙게도 쉬운 해결책이 하나 있지 않은가. 누군가가 운동을 하고 싶은데 일을 하러 가야 해서 고민이 된다면, 이 두 가지를 한꺼번에 처리하면 된다. 자전거를 타라.

 자전거 라이더의 연비는 리터 당 425킬로미터

과학자들이 내린 효율성의 정의를 사용해보면, 인간의 몸은 일반적인 가솔린 엔진보다 크게 효율적이라고 할 것도 없다. 둘 다 유입되는 연료 에너지의 1/4 이하만을 힘 에너지로 전환하기 때문이다. 나머지는 버려지는 것이다. 그러나 자전거와 인간의 조합은 운송 방식에 관한 한 그 누구도 따라오지 못하는 최고의 엔진 시스템이다. 승객 1인당 에너지 소비라는 측면에서 보면 대적할 것이 없다.

라이딩에 사용하는 연료는 물론 다양한 동물군과 식물군에서 나온다. 자전거를 타고 이동하는 사람이 사용하는 동·식물성 물질은 앉아만 있는 사람이 생명을 유지하기 위해 쓰는 그 물질들의 양보다 약간 많은 정도다. 자동차를 움직일 때 필요한 연료 또한 여러 가지 동·식물성 물질에서 얻는 것들이다. 석유 에너지는 음식 에너지에 비해 고도로 응축된 것이지만 둘 다 '운송을 위한' 에너지일 뿐이다. 양자를 비교하기 위해 식품 안의 에너지와 액체 석유 안의 에너지를 동일한 단위로 재볼 수 있다. 가솔린 1리터에는 수 킬로칼로리에 해당하는 에너지가 집적되어 있다(킬로칼로리는 우리가 왕왕 그냥 칼로리로만 표기하며 '오기'를 범하고 있는 그걸 말한다). 가솔린의 킬로칼로리를 운동하면서 쓰는 킬로칼로리와 비교해보면, 라이더는 리터 당 425킬로미터의 연비와 동일한 효율성을 내고 있는 셈이다. 속도를 많이 내지 않은 상태에서도 너끈히 가능하다. 요즘 구할 수 있는 차 가운데 가장 연비가 좋은 것도, 예를 들면 친환경 하이브리드 차로 알려진 프리우스라 할지라도 동일한 거리를 가는 라이더보다 무려 20배나 더 많은 에너지를 소모한다. 그 자동차가 자전거의 속도로 가도 그렇다는 얘기다.

　에너지 효율에 관한 한 하이브리드 자동차의 치명적인 약점은 그 무게에 있다. 자동차의 엔진이 한 인간을 이동하는 데에는 그리 많은 에너지가 들지 않는다. 정작 힘은, 1천5백 킬로그램 이상이나 나가는 제 몸 곧 기계장치 자체를 움직이는 데에 가장 많이 들고, 운전자를 수송하는 일에는 가솔린에 들어 있는 에너지 가운데 극미량만 소비하는 것이다. 에너지의 대부분은 허공에 버려지는 거나 다름없다고 봐야 한다. 운전자보다 열 배 스무 배 이상 무거운 자동차를 기동하는 데 거의 다 들어가니까 말이다.

하이브리드 자동차가 플러그 충전식의 전면적인 전기차로 성장해서 석유 젖을 떼는 상태가 된다 하더라도 마찬가지이다. 자전거 타기와 비교하면, 완전한 전기차를 몰 때도 엄청나게 많은 에너지가 필요하고 그 비효율성은 여전히 어마어마한 것이다. 이와는 정반대로, 자전거-라이더 시스템에는 레버와 기어와 바퀴, 아주 가벼운 무게의 부품만 추가해도 인간의 자체 동력을 엄청나게 증강시키는 마법이 숨어 있다. 사람의 다리는 하이브리드 자동차 엔진의 피스톤에 비하면 아무 것도 아니겠지만 자전거-라이더 시스템을 빠른 속도로 움직이는 데에는 비교할 수 없을 정도로 큰일을 한다.

오래된 그러나 새로운 혁명 곧 자전거가 새롭게 다가오고 있음을 인정하자. 당신이 그걸 어렴풋이나마 알고 있고 기억하고 있고 그것에 참여하고 싶으면, 대중교통 따위는 발로 차버려라. 혁명을 위해 계획을 세우고, 이념을 외치고, 뭔가를 바치는 일은 (대중교통 시스템과는) 전혀 별개의 일이다. 만일 당신이 어딘가를 가기 위해서 언제나 대중교통에 의지해야 한다면, 진정으로 자유롭다고 할 수는 없다.

운전을 덜 하면 더 산다

걷기 여행자라면 에너지를 많이 필요로 하지도, 쓰지도 않을 것이다. 하지만 그에게는 바퀴가 없으니 곤란한 점이 많다. 자전거의 기계적인 장점을 빌릴 수도 없거니와, 저 불쌍한 뚜벅이는 라이더가 그보다 네 배로 빠르게 이동할 때 쓰는 만큼의 에너지를 써야 한다. 라이더로도 보행자로도 오랜 경력을 가지고 있는 나로서는 걷는 행위의 상대적인 비효율성을 뼈저리게 느낀 바 있다. 그 어떤 운송 방식도 효율성에 관한 한 자전거에 필적할 수는 없다. 이런 점에서 자전거 타기는 여타의 운송 방식을 완전히 압도한다. 그런데 에너지 효율성이 떨어지는 운송 방식일수록 효율성을 앞에 내세우며 대대적으로 선전하고 홍보하는 모습을 볼 수 있다. 이거야말로 비효율성이 아니고 뭔가.

사람들에게 문제가 되는 '의존성'은 석유에 대한 의존성이 아니라 운전 자체에 대한 의존성임이 분명해졌다. 그러니, 미친 소리처럼 들릴지 모르겠지만 운전을 덜 하라.

그렇다고 내가 덜 돌아다니라고 말하는 게 아님을 명심하라. 오히려 더 많이 돌아다녀라. 마음껏 돌아다녀라. 내가 말하는 것은 돌아다니되 그 방식에 대해 좀 더 많이 생각하라는 것이다.

삶을 앗아가는 것이 아닌 삶을 보충해주는 방식으로

돌아다녀야 한다.

어떤 방식을 선택하든지 간에 미리 준비하면 제 시간에 맞춰 목적지에 도착할 수 있다. 하지만 우리를 더 튼튼하게, 행복하게 데려다주는 방식, 우리의 영혼으로 하여금 웃음짓게 하고 정신을 앙양시키는 방식을 택해야 할 것이다. 누군가 지루하고 세속적인 매일 매일의 통근 행위 대신 뭔가 모험을 추가하고 싶다면, 나는 이 방식을 적극 추천한다. 자전거를 이용하라.

확실히, 요즘 사람들은 이런 점을 간파하고 있는 것으로 보인다. 내가 지금 자전거 타기를 막 시작한 사람들에게 떠들고 있는 거라면, 미래의 에너지 공급 불확실성 문제, 완전한 친환경 자동차의 개발, 혹은 그 어떤 문제이든지 간에 이미 해결 작업에 한 발 들이민 사람들을 상대로 말하고 있는 것과 같다. 그들은 한쪽 페달(엑셀러레이터-옮긴이)만 줄곧 밟아대는 인간들이나 컴퓨터 앞에서 자판만 두들겨 대는 족속들보다 이 세상에 훨씬 좋은 일을 하고 있는 것이다. 물론 이런 긍정적인 추세도 에너지 문제라는 괴물을 완전히 처단하지는 못할 것이다. 그러나 적어도 누군가를 움직여서 한 명이라도 더 자전거를 운송수단으로 삼게 할 수는 있다. 그가 운전을 덜 하고 더 살도록 만들 수는 있는 것이다.

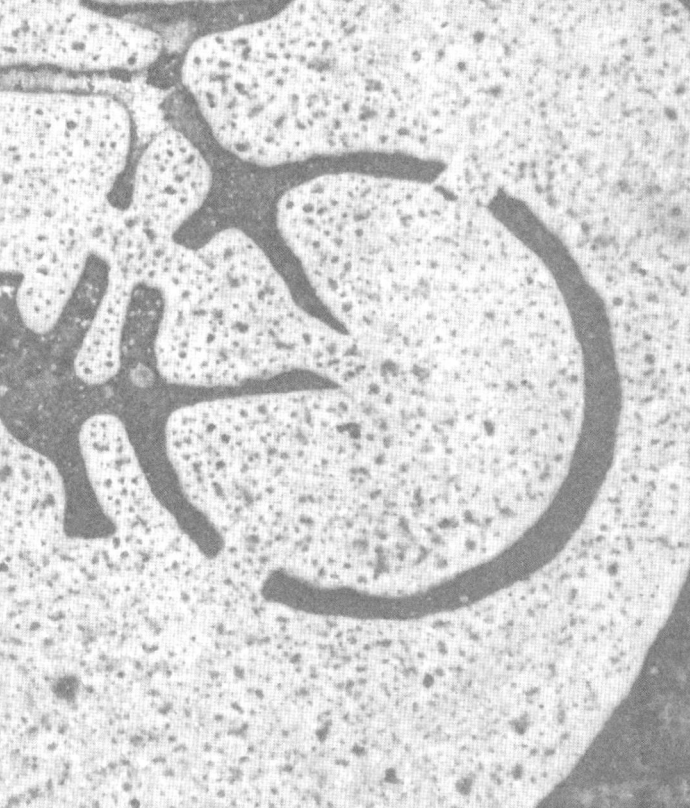

2
재미있는 세상

 **안팎의 소음**

열린 창으로 온갖 잡음을 거느린 둔중한 노호怒號가 스며들어 온다. 반 마일 정도 떨어져 있는 고속도로에서 타이어가 마찰하며 내는 쉭쉭 소리가 잠시 잦아드는가 싶더니 이번에는 다시 웅웅 거리는 소리가 들려온다. 차량의 행렬은 도로를 따라 밤낮없이 이어진다. 4차선 도로가 마치 조용한 산 속의 고요를 깨트리며 흘러가는 계곡물마냥 소란스럽다. 공기를 찢는 듯한 경주용 모터사이클의 소리도 가까이 다가왔다가 멀어진다. 제 아무리 기괴하고 전위적인 교향악이라 할지라도 이런 소음에 필적하진 못할 것이다. 연료 탱크 위에 몸을 바싹 밀착한 채 극치의 황홀감을 맛보고 있을 라이더를 난 상상한다. 뒤이어 할리 데이비슨의 파열음도 들려온다. 차분한 칫-칫-칫 소리. 이번에는 석탄을 실은 화물열차가 고속도로 아래로 난 철길을 타고 낮은 음으로 덜컹거리며 천천히 지나간다. 제트기 하나가 로키산맥을 넘어 서부로 날아가면서 엔진 소리가 창공에 울려 퍼진다. 그러고 나면 이쪽 지평선에서 저쪽 지평선까지 헬리콥터의 프로펠러 소리가 가득 찬다. 군용 헬기는 유난히 넓적한 프로펠러로 인해 투-투-투- 하는 독특한 소리를 내기 때문에 곧바로 식별할 수 있다. 이런 물건을 게릴라전에서 아주 요긴하게 쓸 수 있을 거라고 생각하는 자

가 있다면 필경 정상이 아닌 녀석일 것이다. 그 놈의 투-투-투- 소리가 10킬로미터 밖의 적들에게도 "내가 여기 있소" 하고 정확하게 알려줄 테니 말이다. 참고로 말하지만 난 군사학교 같은 데에는 한 번도 다닌 적이 없는 사람이다.

이 사회가 대체 어떠한 곳일까 하고 항상 궁금증을 품고 있는 사람이라면 이런 소리를 들음으로써 웬만큼 감을 잡을 수 있으리라. 이 소리들은 마치 밀폐된 강철 용기 안에서 일어나는 폭발음처럼 들린다. 이토록 덜그럭거리는, 온갖 모터로 중무장한 세상에서 사람들은 매일 약 8천5백만 배럴의 석유를 들이켜고 있으며, 그 대부분을 자신들이 소유하고 있는 자동차에서 소모하고 있다. 현재 이 수치는 사상 최고점에 달했던 때(2008년 1월 무렵)에 비해서는 약간 줄어들었다. 전 세계적인 경제 불황이 지구인들의 석유 소비행태에 제동을 걸었기 때문이다. 이런 식으로나마 유류 사용량이 감소한 것은 미국 역사상 최초의 일이다. 세계 인구의 5퍼센트밖에 되지 않으면서도 석유 소비량은 25퍼센트를 차지하고 있는 진정한 얌체인 이 나라에서 말이다.

유가와 경제활동은 엄청나게 다양하고 복잡한 방식으로 순환 고리를 만들며 서로 끝없이 영향을 미친다. 이 피드백의 연쇄는 시작도 없고 끝도 없는 듯이 보인다. 이같은 자본주의 시장에서 어떤 원인과 결과를 명쾌하게 구분 지으려고 하는 것은 어쩌면 바보 같은 짓일 수도 있다. 원인 가운데 어떤 것은 결과가 되고, 결과 중에서 어떤 것은 원인으로 돌아가게 되니 말이다. 그럼에도 주목할 점이 하나 있으니, 지금껏 발생했던 11번의 경기 후퇴 가운데 10번이 유가 상승 직후에 일어났다는 사실이다. 유가 인상이 반드시 불황의 원인으로 작용한다고 말할 수는 없어도 그렇지 않다고 단언할 수도 없는 것이다.

2008년 여름, 거리에 서서 대화를 나누는 두 여성 옆을 지나친 적이 있다. 세련된 복장으로 보건대 성공한 전문직 여성들 쯤으로 보였다. 나는 지나가면서도 그들이 하는 말을 웬만큼 들을 수 있었다. 석유 채굴과는 전혀 상관없어 보이는 한 여성이 상대에게 석유를 어떻게 뽑아 내는지 단계별로 상세하게 설명하는 중이었다. 재미있는 시기였다. 모두의 예상과는 정반대로 원유 가격은 그해 1월에 100달러까지 치솟았다. 이에 대부분의 사람들이 낙관적인 전망을 포기하고 200달러까지 뛸 거라고 점치자마자, 뭔가가 큰 소리를 내며 떨어지듯 90일 만에 90달러로 뚝 떨어졌다. 에너지 시장이 형성된 이래 가장 정신없던 한 해였을 것이다. 미증유의 사례였다. 2008년 여름에 하락세로 돌아선 다음부터 석유 시장 상황은 엄청난 가변성과 불확실성, 그리고 커다란 기복현상의 연속이었다. 그 시점에서는 유가가 150달러 선까지 다시 급등할 수도, 한 자리 숫자 가격으로 폭락할 수도 있었다. 이를 두고 이른바 최고 전문가들과 에너지 컨설턴트라는 사람들은 어떤 예측도 내놓을 수 없었다. 손을 놓아버린 지 이미 오래였다. 미친 듯 날뛰는 에너지 시장은 마치 손에서 놓친 고압 소방 호스 같았다. 적어도 겉보기로는 완전무결한 혼돈 그 자체였다. 피크 오일 Peak Oil(석유 생산의 정점이 되는 시기-옮긴이) 이론을 신봉하는 애널리스트들은 세계의 석유 증산이 멈추고 이로 인해 석유 선물가격이 인상되면 사상 유례 없는 엄청난 시장 가변성과 혼란이 발생할 것이라고 했다. 반대편 입장에 있는 경제학자들은 공급 측면만을 보는 것은 오류이며 오히려 유가는 감당할 만한 수준으로 떨어질 것이라고 주장했다. 2008년의 전 세계적인 경제난은 잠정적으로나마 양 진영의 주장이 다 일리가 있는 것처럼 보이게 했다. 이런 혼돈 속에서 그 누가, 그 어떤 권위를 가지고 향후 6개월 혹은 1년 간의 석유시장의 방향을 확언할 수 있을까?

에너지와 관련된 책을 쓰기에는 정말이지 아주 개떡 같은 시기임에 틀림없다. 모든 문제가 지금 한꺼번에 펑펑 터지고 있는데도 불구하고 누구도 확신을 갖고 에너지의 미래를 말할 수 없다면 이는 믿을만한 정보가 충분치 않기 때문이며, 배럴당 석유가격이 양 진영 전문가들을 다 미혹하게 할 정도로 오락가락하기 때문이며, 원자재 시장 자체가 사악한 세력에게 쉽게 조작될 처지에 놓여 있기 때문이리라. 그렇지만 나는 우리의 에너지 미래가 이제 스스로 모습을 드러내기 시작했다고 믿고 있다. 여러 증거로 미뤄보건대 세계가 에너지 역사에서 어떤 새로운 장으로 진입한 것만큼은 확실하다. 그리고 이는 대단히 흥미로운 장임이 분명하다.

 보이지 않는 해법

그의 선거운동에서 핵심이 되는 부분은 에너지 정책에 관한 것이다. 그 내용과 방향이 포괄적이면서도 대담한 것이기는 하지만 이 나라를 자전거 국가로 만들 생각은 전혀 담겨 있지 않았다.

-데이비드 브룩스, 2008년 6월 《뉴욕타임스》에서 대선 후보 존 매케인을 언급하면서

자전거 이용자들이 분명히 존재하고 그 수가 증가하고 있음을 나는 알고 있다. 그러나 그들의 소리를 들을 수는 없다. 라이더들은 완전한 정글이나, 완전한 도시에서는 자신들의 움직임을 광고하지 않는다.

이 책의 제목에서도 눈치를 챘겠지만 내 의도는 자전거를 선전하려는 것이다. 그러나 우선 다음과 같은 점을 명확하게 짚고 넘어가겠다. 자전거는 우리의 에너지 문제를 완벽하게 해결해주지는 않을 것이다. 자전거는 미국을 수입 석유에 의존하지 않아도 되는 에너지 독립국가로 만들어주지도 않을 것이며, 데이비드 브룩스가 묘사하고 있는 것처럼 이 세상이 극히 암울하고 묵시록적

인 자전거 국가로 변모하지도 않을 것이다. 우리에게 무엇보다 중요한 것은 이런 현실을 인정하는 일이다.

에너지의 마왕이 암흑 속에서 나와 잠든 사람들을 향해 무시무시한 모습으로 엄습해 오는 동안에도 사람들은 경각심만 약간 보였을 뿐 여전히 '나만의 자동차'라는 관념에서 벗어나지 못하고 있었다. 확실히 사람들은 기름값이 오르면 자동차를 덜 모는 듯하다. 그러나 대다수의 사람들은 전기 자동차나 수소 자동차를 모는 세상, 즉 자동차를 사용하는 일이 크게 미안한 일이 아닌 세상으로 우리를 데려다 줄 수 있는 그런 것들에 대해 막연한 생각만 하면서 운전을 조금 덜 할 뿐이다. 이런 미래관의 중심에는 테크놀로지가 지금의 생활양식을 고스란히 지켜줄 것이라는 믿음이 자리하고 있다. 차를 덜 모는 문제는 (더 모는 것과 마찬가지로 유가 상황에 따른) 부차적인 것일 뿐이다. 가장 간단한 해결책, 다시 말해 어디론가 이동할 때마다 수천 킬로그램의 철과 플라스틱 덩어리를 끌고 가지 않아도 되는 손쉬운 방법은 논의조차 하지 않는다. 그야말로 엄청난, 치명적인 상상력의 결핍이다.

공개석상에서 누군가가 운송 수단으로서 자전거를 거론한다면 그는 분명 지금 농담하고 있냐는 대꾸를 듣게 될 것이다. 공무원들과 기술 관료들의 의식 속에 자전거는 전혀 포착되지 않고 있다. 아주 이따금씩이라도 보일락 말락 희미하게 명멸하거나 할지 모르겠다. 일례로, 2008년 재무부 산하의 한 위원회가 오바마 대통령 당선자 및 의회 제출용으로 〈미래 미국의 에너지 관련 이행 계획〉이라는 보고서를 작성한 적이 있다. 이 보고서는 88개의 권고사항을 담고 있었다. 어떤 것은 훌륭했던 반면 에탄올 생산에 대한 지속적인 보조금 지급 같이 아주 형편없는 것도 있었지만, 더 놀라운 것은 이 계획안이 인간 자체 동력 운송 방식에 대해서는 지나가는 말일지라도 단 한마디조차 언급하지 않았다는 점이다. 이를 보면서 난 자전거가 모든 운송의 가장 근본적인 방식이 될 거라는 생각은 이 나라에선 꿈조차 꾸지 말아야 한다는 것을 알게 됐다. 우리는 죽자 사자 자동차에만 매달리고 있는 것이다.

다수의 진지한 애널리스트들, 그리고 숱한 악당 지식인들조차도 21세기의 에너지 위기는 확실한 해법이 없다는 점에 의견의 일치를 보이고 있다. 이 막대하고 가공할 만한 미국의 부가 악랄하고 냉혹하고 비민주적인 '석유 중심 국가$^{petro\text{-}states}$' 미국으로 고스란히 이체되는 것을 막으려면, 그리고 우리 자신을 에너지 의존이라는 갈고리에서 풀어 내는 일이 조금이라도 가능하도록 하자면 여러 요소와 전략을 동시에 투입하는 다양한 대책이 필요할 것이다. 나는 이런 복합적인 해법에서 자전거가 한 자리를 차지할 수 있고 또 반드시 그렇게 되어야 한다고 생각한다.

이 방향으로 가기 위해 우리가 쉽게 할 수 있는 일들이 많이 있다. 이 책을 통해 난 그중 몇 가지를 언급할 것이다. 자전거는 개인적인 차원에서 대단히 현실적인 해법을 구사하도록 해준다. 이 세계가 직면하고 있는 문제를 자전거가 다 풀어주지는 않겠지만 일부는 해결해 줄 것이다. 어쨌든 자전거는 세상 속으로 뛰어들어 왔다. 그리고 개인적인 차원에서 자전거는 각자의 삶을 변화시킨다. 풍요의 시대, 고난의 시대를 가리지 않는다. 내가 독자들을 궁극적으로 확신시킬 수 있는 게 있다면 바로 이런 사실에 대해서다. 자, 이제 과거를 돌아보고 대체 어떤 일이 일어났었는지 살펴보자.

3
괴물의 탄생

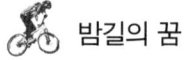 밤길의 꿈

그 일은 1892년 여름, 자전거와 함께 시작됐다. 매사추세츠 웨스트 린에 있는 한 탄약 공장에서 감독원으로 일하고 있던 젊은 하이램 퍼시 맥심[Hiram Percy Maxim]은[1] 칠흑 같은 밤에 자전거를 타고 집으로 가고 있었다. 집이 있는 세일럼까지는 약 8킬로미터 정도 거리였고 길에는 가로등이 없었다.

맥심은 평소 자전거 타기를 즐겼으나 그날 밤만은 예외였다. 상당히 만족스러운 데이트를 끝낸 상태였지만 심한 허기를 느껴 더 이상 페달질을 하고 싶지 않았다. 그렇지만 안 할 도리가 없었다. 자신의 이런 이동방식에 갑자기 싫증이 난 매사추세츠 공대 출신의 이 젊은 친구는 크랭크와 바텀 브래킷[2], 무심하게 돌아가고 있는 페달을 내려다봤다. 자신이 탄 자전거 고정륜[fixed-wheel]의[3] 구동계[Circle of Power]였다. 이때 그의 머릿속에 순간 번쩍하고 스쳐가는 생각이 하나 떠올랐다.

자전거에 작은 가솔린 엔진을 장착하면 힘들게 페달링을 하지 않아도 되겠다는 생각이 들었다. 그러고 나자 그의 생각은 점점

---

1. 하이램 퍼시 맥심은 전자동 기관총을 발명한 하이램 스티븐스 맥심[Hiram Stevens Maxim]의 아들이다. 그는 훗날 총에 장착하는 소음기도 발명했다. 이 물건이 없었다면 아마 《미션 임파서블》 같은 작품도 나올 수 없었으리라.
2. 양쪽 크랭크를 연결하며 회전하는 축과 주변 장치. BB.
3. 체인 톱니바퀴와 뒷바퀴가 일체형으로 되어 있어서 페달링을 하지 않으면 자전거가 나가지 않게 된 자전거 구동형태로 페달링을 하지 않아도 바퀴가 구르는 요즘 자전거의 자유륜[free-wheel]방식에 반대되는 시스템이다.

 32 | 우리가 자전거를 타야 하는 이유

발전하기 시작했다. 보는 입장에 따라서는 생각이 그냥 꼬리에 꼬리를 물고 이어진 것에 지나지 않을 수도 있지만, 어쨌든 그는 그런 엔진을 마차에 달을 수도 있을 것이고 그렇게 되면 자전거 자체가 필요 없을 것이라는 생각에까지 이르게 됐다.

맥심은 단추를 누르거나 손잡이를 잡아당기는 것만으로도, 아무런 힘도 들이지 않고 집 앞 현관까지 휙 옮겨가는 것을 상상했다. 그리고 그것이 충분히 가능한 것이라는 데에 생각이 이르자, 깜깜한 시골길을 자전거로 달리면서 그는 행복한 황홀경에 빠져들었다.

전방을 응시하는 대신 그는 미래를 보았고 자전거, 말, 기차 등이 '자동차' 엔진 앞에서 퇴물이 되는 광경을 상상했다.[1] 다행히 그는 어둠 속에서 자전거를 타고 꿈을 꾸면서도 구덩이에 빠지거나 도로에 입을 맞추는 일을 겪지는 않았다.

훗날, 매사추세츠 주 고속도로 당국은 맥심이 갔던 그 길 위로 하루 약 2만5천 대의 자동차가 왕래하고 있다고 발표한 적이 있다. 꿈이 현실이 된 것이다. 세계는 최대화$^{\text{Maxim-ized}}$된 것이다(맥심이 꿈꾼 대로 차량의 수가 최대치에 이르렀음을 그의 이름을 가지고 기교적으로 표현한 것임-옮긴이).

자전거라는 것

맥심의 생각은 오늘날의 입장에서 보면 별것 아닌 것처럼 보인다. 그러나 1892년에 그런 사고는 가히 혁명적이라고 할만 했다. 가솔린을 찾는 사람도 워낙 없던 시절이어서 그걸 사려면 도무지 믿음이 가지 않는 페인트 가게 점원에게서 8온스 단위로 구입해야 했다. 소형 가솔린 엔진 자체를 보기가 매우 어려웠던 당시 상황을 감안해보면 단언컨대 맥심은 그때까지 자전거나 마차에 그런 것이 장착된 걸 본 적도 없었을 것이다. 그러니 맥심의 영감은 매우 독창적이고 유일한 것이라 할 수 있다. 그러나 나중에 그는 당시 이미 세계 곳곳의 많은 사람들이 자신과 비슷한 생각을 하고 있었음을 알게 된다. 엔진을 단 마차는 1890년대에 프랑스에서 상업적으로 생산되고 있었다. 미국에서도 이런 영감의 순간이 맥심에게만 찾아온 것은 아니었다. 조지 셀든 $^{George\ Selden}$, 쉥크$^{H.K.\ Shanck}$, 알렉산더 윈턴$^{Alexander\ Winton}$, 엘우드 헤인즈$^{Elwood\ Haynes}$, 찰스 킹$^{Charles\ King}$, 헨리 포드$^{Henry\ Ford}$, 랜섬 올즈$^{Ransom\ Olds}$, 듀리아^{Duryea} 형제 등이 같은 생각을 하고 있던 많은 사람들 중에서도 단연 돋보이는 인물들이다. 윈턴과 쉥크에게는 이런 영감이 몇 년 차이를 두고 찾아왔는데 이들은 그때 오하이오에서 각자 자전거 제작업에 종사하고 있었다. 듀리아 형제는 실제로 작동하는 가솔린 동력차를 만든 최초의 미국인들로, 이 업적을 이루었을 당시 이들 또한 자전거 정비와 제작업을 하고 있었다.

수십 년 후에 맥심은 그토록 많은 기계공, 정비공, 수리공들이 거의 동일한 시기에 '자동차 엔진 열병'에 걸린 이유를 이렇게 설명했다. 그들 모두는 자신 외에 다른 누군가가 같은 생각, 비슷한 작업을 하고 있으리라고는 눈치조차 채지 못했다.

"우리는 한 세기가 넘게 증기 엔진을 사용하고 있었다. 그러니 1870년대 아니면 1880년대 즈음에는 증기 자동차가 나왔어야 했다. 그러나 그렇게 되지 않았다. 우리는 1895년까지 기다려야 했다. 난 우리가 그때까지 기계로 작동되는 도로용 차량을 만들지 못한 이유가 자전거가 양산되지 않았기 때문이라고 본다. 그래서 사람들은 말의 힘을 빌리지 않고 자체 힘으로 일반 도로 위에서 원거리를 가는 게 가능하다는 생각 자체를 품을 수가 없었던 것이다. 우리는 철도로도 충분하다고 생각했지만 자전거가 새로운 욕구를 만들어 냈으며, 그것은 철도의 능력으로는 감당이 안 되는 것이었다. 그런데 막상 자전거도 그 자신이 만들어낸 욕구를 완벽하게 충족시켜 줄 수는 없었다."

이 구절은 자주 인용된다. 많은 자동차 역사가들이 맥심의 주장을 인정하고 있다. 그렇다고 해서 그가 마냥 옳다는 것은 아니다. 이 이론에는 몇 가지 함정이 있다. 예를 들어, 자전거 열풍이 불기 이전에 증기 자동차가 생산된 적이 없다는 주장은 사실과 다르다. 만들어졌었다. 단지 성공작이 아니었을 뿐이다. 그러니 크게 봐서 맥심의 말이 틀린 것은 아니다. 자전거, 특히 현대적 스타일의 공기 주입식 타이어를 장착한 안전 자전거$^{safety\ bicycle}$(초기의 자전거는 앞바퀴가 크고 뒷바퀴가 작은 형태여서 타고 가다가 급정거를 하면 앞으로 전복되는 경우가 많았다. 그러다가 앞바퀴와 뒷바퀴의 크기가 동일한 지금과 같은 스타일의 자전거가 나오게 되면서 이런 일은 없어졌다. 그래서 이를 안전 자전거라고 부르게 됐다- 옮긴이)는 사람들에게 이전까지는 느낄 수 없었던 자유의 맛을 선사했다. 이는 수천년 동안 동물이 끄는 탈것에 의지해온 인간의 이동의 역사에 등장한 전혀 새로운 종류의 가능성을 의미했다. 사람들은 이 기계를 타면 자신들이 원하는 시간에 언제든지, 자유롭게, 원거리를 마차보다 두 배나 빠르게 여행할 수 있음을 알아차렸다. 페달링 한 번이면 도보 여행, 마차 여행, 기차 여행이 우스워지는 순간이었다. 바야흐로 자전거로 이동하는 시대가 도래한 것이다.

또한 맥심이 살았던 시기에 이미 일부 라이더들은 자전거가 단순한 탈것이 아니라 더 큰 보상을 줄 수 있는 물건임을 알았다.

 36 | 우리가 자전거를 타야 하는 이유

전례 없이 효율적으로, 이곳에서 저곳으로 이동하게 해주는 기능 말고도 자전거는 한 줄로 정렬된 두 바퀴의 탈 것만이 줄 수 있는 속도와 균형의 쾌감을 제공했다. 이 구동 시스템을 작동하려면 반드시 필요한 육체적 수고가 귀찮아서 기계 엔진의 편안한 품속으로 뛰어든 사람들과 달리 그런 '고역'을 즐기는 이들도 있었다. 이런 라이더들에게는 자전거보다 더 편안한 운송 시스템을 굳이 발명할 이유가 없었다. 자전거는 그들의 꿈이었다. 그것도 실현된. 심지어 어떤 면에서 자전거는 그들 자신이 꾸어보지도 못한 꿈을 실현한 것이었다.

하지만 또 다른 누군가에게 자전거는 자신을 세일렘과 린 사이의 도로에서 힘들게 바퀴를 돌리게 만드는 불편한 기계에 불과했다. 그런 사람들에게는 뭔가가 더 필요했다. 맥심이나 포드 같은 부류의 사람들에게 자전거는 풀어야 할 퍼즐에 지나지 않았다.

 맥심, 포프, 라이더들

맥심은 자신의 상상에 갇혀서 딴 사람이 됐다. 그는 그 후 몇 년 동안 오직 가솔린 엔진과 신비의 힘을 가진 자동차만을 생각했다. 탄약 공장에서는 완전히 무능한 직원이 되어 버렸고, 인근 어딘가에서 소형 가솔린 모터를 써서 물 펌프를 돌린다는 얘기라도 들으면 그는 부리나케 달려가서 구경하곤 흥분을 감추지 못했다. 그 모터를 오래도록 뚫어지게 바라보고 쓰다듬고, 귀를 대고 들어보다가 급기야는 입에 거품까지 물었다고 한다. 사랑에 빠진 것이다. 맥심은 마법의 자동차를 모는 생각에 완전히 사로잡혔다. 그런데 그런 사람이 그뿐이 아니었다.

이듬해 그는 자신만의 엔진을 설계, 조립했고 그걸 낡은 2인승 3륜 자전거에 장착했다. 그러나 이 기계는 실패작이었다. 약간의 경사만 있어도 걷는 속도 이상을 낼 수가 없었고 자그마한 장애물에도 걸려서 전복되기가 일쑤였다. 고속, 저속에 상관없이 불안정했다. 그런데도 그의 작품은 흥분을 불러일으키기에 충분했다. 맥심의 실험 소식이 알려지면서 포프 사$^{\text{Pope Manufacturing Company}}$에서 관심을 갖게 됐다. 포프 사는 수천 명의 직원과 5개의 공장을 가진, 당시 미국 내 최대 자전거 생산회사였다. 맥심이 스스로 제작한 1호 엔진을 탑재했던 3륜 자전거도 포프 사 제품이었다. 맥심은 새로 설립된 포프 동력 마차부의 선임 엔지니어가 됐다.

앨버트 포프$^{\text{Colonel Albert Pope}}$(포프는 남북전쟁에 북군 소위로 참전해서 공훈을 세우고 명예 중령으로 추대된다. 그후 평생 동안 그의 이름 앞에는 영관급 호칭이 붙어다녔다- 옮긴이)는 포프 사의 소유주였으며 미국 최초의, 그리고 가장 성공적인 자전거 제작자였다. 뿐만 아니라 자전거 타기를 옹호한 최초의 주요 인사였다. 1880년, 아직 하이휠 자전거high-wheeler(뒷바퀴보다 앞바퀴가 훨씬 컸던 초기의 자전거 형태- 옮긴이) 시대였던 당시에 그는 전미 자전거인 연맹League of American Wheelmen(LAW)을 창설했다. 비록 그의 본심이 이 조직을 통해서 자신의 컬럼비아 브랜드 자전거를 판촉하는 데 있었다 해도 연맹은 자전거 타기에 관한 한 상당히 다양한 영역까지 포괄하는 큰 단체로 성장했다. 자전거 여행자들에게 지도와 안내인을 제공했으며 철도업계 같은 태생적인 적들과 경쟁했고 입법부 의원들을 끈질기게 졸라서 여러 자전거 친화적인 법안들을 통과시켰다. 심지어는 상당히 덩치가 큰 사업 부문이었던 경륜계까지도 좌지우지 할 정도였다. 폭넓게 뿌리를 내리고 있는 오늘날의 라이딩 지원 단체들(LAW의 손자뻘이라고 할 수 있는 전미자전거이용자연맹 같은)도 감히 경륜을 조작할 엄두를 내지 못하는 걸 생각하면 놀랍기만 하다.

가장 주목할 만한 일은, LAW가 광범위한 활동을 벌인 끝에 전국의 공공 도로를 포장하고 개선하는 일을 해냈다는 것이다. 이로써 맨 먼저 여가형 라이더들과 자전거 산업계가 혜택을 입게 됐다. 연맹은 생활형 라이더들, 즉 노동하러 가는 길이 잘 닦여 있어야 하는 사람들을 위한 단체가 아니었다. 이 조직은 기본적으로 '주말의 전사들'의 모임이었다. 정치인들에게 떼지어 몰려가서 요구하고 그들이 어찌할 수 없을 정도로 몰아붙이는 사람들이 었다. 그들이 벌인 '좋은 도로 운동Good Roads Movement'은 전국의 지형을 눈에 띌 정도로 바꿔 놓았고 노면 상태에 대한 일반인들의 기대치를 높였다. 이는 무엇보다도 초기의 자동차 제조업자들에게 분명한 혜택으로 돌아갔다.

LAW 회원들의 우는 소리 덕분에 자전거 이용자들의 편의를 위한 도로 운송 기간시설과 제도적 틀이 정비됐다. 이 조직은 한편으로 자전거 탑승자의 도로 사용 기본권을 설정하는 데에 법률적인 초석을 놓기도 했다. 이 부분은 라이더나 그렇게 되고 싶은 마음이 있는 사람들에게는 대단히 중요한 것이다. 하지만 도로 포장이랄지 센트럴파크 접근권, 라이더들이 기차에 탈 때 자전거용 운임은 무료로 할 것 등을 둘러싸고 벌인 치열한 싸움은 자전거를 타지 않는 사람들에게는 다소 우스꽝스러워 보였다. 자전거 이용자들이 그들만의 장난감 같은 자전거를 내세워 배타적인 권리를 호소하고 불만을 제기하자, 이들만 아니면 조용하게 살 수 있을 것 같은 다른 사람들의 입도 비쭉 나오게 됐다. 그러나 LAW는 여전히 자신들이 차별대우를 받고 있다고 볼멘소리를 했으며 요구 조건을 들어주지 않는 '표적' 정치가들의 목록을 작성했다. 그들은 이 싸움에서 여러 번 이겼다. 그 과정에서 유복한 자전거 애호가들은 사람을 미치게 만드는 떼쟁이라는 평판을 얻게 됐다. 라이더들은 이 오명을 씻어내기 위해 힘든 시간을 보내야했다. 반反자전거 진영에서 보면 이만큼 찍기 편한 낙인도 없었다. 게다가 그것은 얼마간 진실이기도 했다.

1898년 포프의 회사는 다양하고 믿을 만한 전기 동력식, 가솔린 동력식 사륜차들을 판매하기 시작했다. 하이램 퍼시 맥심의 공이 컸다. 그해 자전거인연맹 등록 인구가 처음으로 6개월 만에 15퍼센트나 줄었다. 그 후 몇십 년도 안 되어 LAW 구성원은 거의 사라졌다. 미국 성인들 사이에서 자전거 타기의 인기가 격감한 것이 그대로 반영된 결과였다.

심각한 일들

1893년은 자전거 산업에서 아주 중요한 해였으나 자전거 자체에게는 그렇지 않았다. 세계 대도시들의 도로 위에서 자전거 인구가 크게 늘고 있었지만, 그 이상으로 파렴치하거나 무모한 라이더들의 수도 늘어났다. 그러면서 분쟁과 상호 멸시가 생겨났다. 뉴욕 브로드웨이에서 1893년 5월 26일에 에드워드 클라인슈미트Edward Kleinschmidt라는 자전거 라이더가 캐티 맥글린Katie McGlynn이라는 7살 소녀를 치어 죽게 만들자 라이더들에 대한 일반인들의 분노가 폭발했다. 이 비극의 여파는 그 해 여름 내내 가시지를 않았다. 자전거 이용자들의 수가 늘어나면서 그들에 대한 보행자들과 마부들의 증오와 반감 또한 격화됐다. 《뉴욕타임스》 사설에서는 '바퀴쟁이'들에 대한 규제를 강화하고 등록제와 면허제를 시행할 것을 주장했다. 이런 갈등은 오늘날에도 여전히 반복되고 있다.

라이더들 내부에서도 상호 불신의 눈길이 오갔다. 아이작 포터 Isaac Potter는 당시 잘 알려진 자전거 옹호론자였는데 새로 출현한 거친 라이더들을 비난하는 글을 《타임스》지에 게재하고 있었다. 그에 따르면 이런 입맛 떨어지는 신출내기들과 '존경할 만한' 원조 라이더들은 반드시 구분되어야 한다는 것이었다.

캐티 맥글린 사망 사건이 있기 몇해 전 포터는 뉴욕 주가 자전거 이용자들에게 차량 이용자에 준하는 권리와 책임을 부여하는 법안을 통과하도록 힘을 쓴 바 있었다. 여기에서 차량이란 말이 끄는 마차를 의미한다. 당시 뉴욕 주에서 허용된 마차의 최대속도는 시속 8킬로미터 정도였다. 그런데 분명한 것은 자전거 페달을 밟으면 힘들이지 않고 이보다 3배는 더 빠르게 달릴 수 있었다는 점이다. 또한 마차가 갈 수 없는 장소나 길도 자전거는 갈 수 있었고 많은 라이더들이 그런 식으로 자전거를 탔다. 1890년대 초반의 뉴욕 경찰은 이 신종 불법 행위를 대수롭지 않게 생각했고 다소 방관하기까지 했다. 자전거를 마차와 같은 범주의 탈것으로 분류하지 않았으며 라이더들이 이 기계의 고유한 특성을 즐기면서 마음껏 자유를 누리도록 허용했다. 그러다가 교통이 점점 혼잡해지는 상황에서 소녀의 사고를 둘러싸고 대중들의 분노가 치솟자 경찰은 그제야 과속하는 라이더들을 단속하기 시작했다. 이는 다음 세기 북미의 대도시에서 벌어질 상습 위법 자전거 이용자들에 대한 숱한 단속의 서막이었다. 라이더들을 쫓기 위해 자전거를 탄 경찰이 최초로 출현했다.

여기에서 잠깐 다시 앞으로 돌아가 보자. 도대체 아이작 포터Isaac Potter를 위시한 라이더들은 무엇 때문에 자전거가 마차와 같은 급으로 분류되기를 원했던 것일까? 기동성이나 잠재 속도 면에서 볼 때 그건 상당히 격을 낮추는 일이 아니었는데 말이다.

1887년 포터가 이 법안의 내용을 작성하고 통과를 밀어 붙일 당시, 자전거 이용자들은 센트럴파크에 접근할 수 없었다. 그런데 그곳이야말로 자전거 타기에 더 없이 좋은 장소 중의 하나였다. 새 법안은 자전거라는 기계를 과도하게 인간의 통제 하에 두는 후퇴 조항을 담고 있었지만, 그 대가로 마차가 갈 수 있는 곳이면 자전거도 어디든지 통행 가능함을 보장하는 것이었다. 그리 되면 자전거는 공원이나 여타 공공 대로 상에서 쫓겨나지 않아도 될 터였다. 수많은 뉴욕의 라이더들이 이를 큰 승리로 평가했고 이 법안에 '자유법The Liberty Law'이라는 명칭을 붙였다.

그러나 일부 라이더들은 새로이 등장한 안전자전거의 많은 장점들을 모조리 법으로 속박하는 것을 달가워하지 않았다. 그래서 만일 제3의 길이 존재한다면, 그건 자전거 고유의 능력을 좀 더 많이 수용하는 그런 게 될 것임이 분명했다. 하지만 그와 같은 대안은 결코 모색되지 못했다. 포터와 그의 동조자들에게는 자전거를 마차 정도로 대우해주되 이를 차량법에 복속시키는 타협안이 나름 만족스러웠기 때문이다.

1895년 회사 마당에서 수차례 시험 운전을 해본 뒤 자신의 가솔린 동력식 자동차 시제품을 끌고 거리로 나간 맥심은 하트포드 가에서 첫 주행을 기록하게 된다. 그 곁에는 조수 한 명이 자전거에 연장과 부품을 잔뜩 싣고 같이 달렸다. 차가 완전히 작동 불능이 될 상황을 염두에 둔 대비였다. 맥심은 실험 중에 사람들이 몰려드는 것을 원치 않았다. 그는 2, 30여 대의 자전거 행렬이 자신의 뒤를 따르자 평정심을 잃고 자동차를 세웠다. 자전거를 탄 사람들은 불빛에 나방이 꼬이듯이 그냥 자연스럽게 모여든 것이었다. 이런 일은 충분히 예상된 것이었지만 막상 닥치자 그는 극히 난감해졌다. 말들은 주로 반대방향에서 뛰어나왔다. 자동차를 몰면서 맥심은 말이 길에 출현할 때마다 급정거를 해야 했고, 뛰어내려 말에게 쏜살같이 다가가 그 짐승을 다독여서 먼저 지나가게 했다. 만일 적절한 시간 안에 그렇게 해주지 않으면 말들은 겁에 질려 앞발을 든 채 벌떡 일어서곤 했다. 혈통 좋고 대담한 시골 말들은 이 이상한 소리를 내는 기계를 아예 짓밟아 버리려고 달려들었다. 맥심은 자신이 자동차의 꿈을 꿀 때, 장차 말과 자전거 라이더를 상대하게 될 것이라고는 조금도 생각하지 않았을 것이다.

자전거의 힘

자전거가 어떤 특정한 방식의 이동성^{mobility}에 대한 꿈을 인간의 마음에 심었다고만 말하면 뭔가 부족하다. 1890년대 초반의 자전거 산업 붐은 이런 꿈을 직접적인 현실로 구체화했으며 향후 자동차 제조업계가 필요로 했던 여러 산업적, 기술적 발달의 씨앗이 되었기 때문이다. 이 시기에 자전거 제작 테크놀로지에서 중요한 볼 베어링이 탄생했으며 속이 빈 강철 튜브를 용접해서 조립하는 프레임의 개념이 만들어졌고, 경량이면서도 단단한 합금, 살로 지탱하는 바퀴, 체인과 기어 그리고 무엇보다도 대단히 중요한 공기 주입식 타이어의 개념이 기술적으로 완성됐다.

이 모든 것들이 제1세대 자동차에 고스란히 전수됐다. 물론 이것들을 제작하기 위한 특별한 도구들 또한 자전거로 인해 만들어졌다. 그리고 이런 공헌 목록에 추가할 가장 중요한 것 하나가 더 있으니 바로 인력^{人力}, 숙련된 자전거 제작자들이 그대로 자동차 제작자들로 변신했다. 공장을 운영하고 상품을 팔고, 고객들의 돈을 빼내는 기법 등이 새로운 산업 분야로 이전해 갔다.

심지어는 자전거 경주 선수들조차 이런 이동에 동참했다. 그들은 무더기로 경륜장의 나무 트랙을 떠나 경주용 자동차를 제작하고 모는 일로 직업을 바꾸었다. 그러니 자전거가 후속의 자동차(시대)에 미친 영향은 아무리 크다고 말한들 지나치지 않다.

 포드와 킹

발명가 명사^{名詞}. 바퀴와 레버, 용수철 등을 독창적으로 배열 조립하고 이를 문명이라고 믿는 사람.

앰브로즈 비어스$^{Ambrose Bierce}$, 《악마의 사전$^{The Devil's Dictionary}$》

1896년 3월 6일, 대단히 중요한 선구자 중 한사람이었으나 역사 속에서 거의 잊혀져버린 찰스 킹$^{Charles King}$이 디트로이트에서 자신이 제작한 모터를 단 탈것을 선보였다. 그의 자동차는 시속 13킬로미터의 최고 속력을 자랑했다. 분명히 눈이 휘둥그레질 만한 일이었다. 모두들 놀라서 꼼짝도 하지 못했다.

자전거 사용자들은 일거에 자동(차)화 되는 쪽을 택했다. 모두들 이 새로운 기계에 몰려가서 소음과 배기가스를 내뿜으며 달리기 시작했다. 한편 헨리 포드는 그날 남들의 눈에 띄지 않는 곳에서 다른 페달을 열심히 돌리고 있었다. 멀지 않은 곳에 있는 자신

1896년 제작한 포드의 첫번째 자동차

의 차고에서 그는 자신의 '사륜차'를 제작하기 위해 머리를 짜내고 있는 중이었다.

킹의 전시회가 있은 지 몇달 후 포드의 사륜차는 완성됐고 굴러갈 채비를 갖추게 됐다. 그런데 그때 포드는 완성차가 빠져 나오기에는 자신의 차고 출입구가 너무 좁다는 걸 알게 됐다. 그는 주저 없이 둔기를 집어 들고 (세 낸 건물이었지만) 문틀 한 쪽을 부수고 자동차를 끌어냈다. 이 때가 바로 1896년 6월 4일 새벽 3시 경이었다. 포드와 몇몇 기술공들은 네 바퀴가 달린 1천 킬로그램짜리 가솔린 동력식 탈 것을 만들어냈다. 강철 자전거 튜브로 된 프레임 위에 자전거용 안장을 장착한 자동 4륜차였다.

우리 뒤로 구름 같은 연기가 상당히 많이 나왔던 것으로 기억한다. 얼마 못가서 25대에서 50대 가량의 자전거들이 따라왔다. 우리는 어딘지 지금은 잘 생각나지 않는 장소를 한 바퀴 돈 후에 라파예트 가에 도착했다. 거기에서 서쪽으로 가서 4번가 근처에 이르렀는데 그때 포드 씨가 나더러 차가 모퉁이를 돌 때 뛰어내려 근처 축사 문을 열라고 지시했다. 그래야만 자전거 꾼들을 따돌리고 차를 바로 집어넣을 수 있었기 때문이다. 나는 그렇게 했다. 포드 씨는 그들이 모퉁이를 돌고 있을 때, 문에 걸쇠를 걸고 자물쇠를 채웠다. 다가온 그들 중의 한 명이 물었다. "형씨들, 아까 그 말 없는 마차가 어디로 갔는지 아슈?" 헨리가 대답했다. "아, 저 뒷길로 올라가던데요." 그들은 뒷길을 타고 동쪽으로 가버렸다. 포드 씨는 익살맞게 껄껄 웃었다. 우리는 걸어서 에디슨 역으로 돌아갔다.

자전거 이용자들은 이 초창기 자동차에 최면이라도 걸린 듯했다. 어디서 자동차를 하나 보거나 그 소리를 듣거나, 그런 게 있다는 얘기라도 들으면 그들은 정신을 놓았다. 마치 브래드 피트를 쫓아가는 파파라치들 같았다. 그들은 그게 모선이나 여왕벌이라도 되는 양 자동차로 몰려갔다.

 48 | 우리가 자전거를 타야 하는 이유

도주

그 시절로 돌아가서, 예나 지금이나 미국에서 가장 대표적인 자전거 도시인 콜로라도 주 볼더^{Boulder}에서 자전거를 한 대 산다고 치면 필경은 에디 키퍼$^{Eddie\ Kiefer}$의 가게에 갔을 것이다. 1890년대 초반 도심에 있던 키퍼의 자전거 가게는 언제나 문전성시였다. 누구나 다 월더 공기주입식 타이어를 원하는 듯했으며 재고 물량 유지가 어려울 지경이었다. 그러나 1895년이 되자 이 사업은 급격히 요동쳤다. 그해 여름 강세로 시작한 판매고는 갑자기 뚝 떨어졌다.

1895년 12월 1일 키퍼는 한 명 남은 직원을 불러 자신은 가게를 하루 쉬고 근처 마셜 마을에 가서 자전거 한 대를 거래하고 올 것이라고 말한다. 12월에 볼더에서 자전거를 탄다는 것은 뭔가 좀 없어 보일 수도 있었지만 긍정적으로 보면 멋지게 보이는 면도 있었다. 그날은 유난히 날씨가 좋았다. 하늘은 맑고 파랬으며 찬 공기는 사각거렸고 플랫아이언^{Flations} 암봉에는 하얗게 눈가루가 뿌려져 있었다. 키퍼는 남쪽으로 방향을 잡고 자전거로 언덕(이곳은 훗날 "더 힐$^{the\ Hill}$"이라는 이름으로 알려지게 됐다)을 올라 대학을 지나갔다. 언덕을 내려가면서 거세게 불어오는 바람을 막기 위해 코트 깃을 단단히 추슬러 올리고 페달을 밟은 지 얼마

안 돼 근교의 넓은 평야지대에 다다랐다. 바람이 잦아들지 않아 자전거 타기에 유리한 편은 못되었다.

그는 동쪽으로 방향을 바꾸었고 그러자 이번에는 바람이 그의 등을 밀기 시작했다. 주변의 땅은 누런 흙 언덕과 바람에 날리는 풀들로 볼썽사나웠다. 이 지역은 다음 세기에는 자전거 라이더들과 반핵 시위대들에게 꽤 유명한 땅이 되는 곳이다. 모굴-비스마크^{Morgul-Bismark} 자전거 경주 대회가 열리고 로키 플랫 핵무기 기폭장치 공장이 들어서기 때문이다.

키퍼는 흙먼지 속을 달렸다. 그는 마셜 마을로 가지도 않았고 볼더로 되돌아가지도 않았다. 그의 채권자들은 분노했으나 그다지 놀랄 일은 아니었다.

 자전거 연옥에 빠지다

키퍼의 도주 사건으로 상징되는 산업 내부의 파열은 자전거 열풍 시대의 종말을 고하는 것이었다. 수 년 동안 계속 자전거 수요가 증가하고 또 교통수단으로서의 활용도가 높아지는 것을 본 제조사들은 과잉 생산을 했고 판매상들은 엄청난 재고를 쌓아두었다. 1895년에 판매량이 더 이상 늘지 않게 되자 자전거 산업은 정체상태에 빠져 들었다. 희망으로 부풀었던 만큼 기대는 무거운 돌덩이가 되어 관련 사업자들을 덮쳤고 소규모 판매상들이 그 최초의 희생자가 됐다.

에디 키퍼의 불명예스러운 도주는 곤경에 빠진 숱한 그의 동업자들이 벌인 일에 비하면 그다지 유별난 것도 아니었다. 그들이 선택한 무기는 방화였다. 몇몇 악질적인 가게 주인들은 1895년과 1901년 사이에 사업이 지지부진해지자 보험회사가 과잉 재고분에 대한 보상을 해주리라 기대하면서, 다른 누군가가 해주지 않는 이상 자신들이 몸소 횃불을 들고 나서야겠다고 결심한다(이런 점에서 키퍼가 남부로 도주하기 한달 전에 발생한 의문의 화재에서 그의 가게가 멀쩡했다는 사실은 매우 특이하다. 물건들은 결국 경매 처리됐다. 이상하게도 그의 가게에 불이 붙었다는 기록은 없다). 물론, 당시에는 화재사건이 빈발했고 많은 물건들이 불길 속에서 재로 변했다. 심지어는 도시 전체가 불탄 적도 있었다. 자전거 가게나 공장에서 사고성 화재나 폭발이 일어나는 것은 드문 일이 아니었다. 주로 액화 탄화수소를 잘못 만져서 일어난 사고들이었다. 그 당시에 이 물질은 사악한 의도가 있건 없건 적법하기만 하면 얼마든지 사용할 수 있었다. 어쨌든 영문 모를 화재의 발생 빈도는 자전거 판매가 뚝 떨어지는 것과는 대조적으로 가파르게 증가했다.

1897년 7월 뉴저지의 롱 브랜치^{Long Branch}에서 화염이 목격됐다.

이 불은 레이몬드 버터 가게에서 잡혔다. 그런데 그 바로 옆이 어렵사리 운영되던 자전거 가게였다. 어떤 직감이 들었던지 화재의 진원지를 살피던 소방대장은 두 가게 사이의 나무 칸막이에 뚫린 몇 개의 구멍을 발견했다. 그는 불 붙인 종이와 성냥이 그 구멍들을 통해 밀려들어온 것 같다고 주장했다.

1890년대 후반 수십 군데의 자전거, 자전거 부품 공장이 의문의 화재로 사라졌다. 불길은 자전거 제조업계에서 내로라하는 공장들도 삼켜버렸다. 보스턴에 있던 포프의 6층짜리 본사 건물도 화재에 희생됐다. 이 불은 약 5천 개의 타이어와 2천 대의 자전거, 그리고 포프의 남북전쟁 참전기념물 등을 모조리 태웠다. 자신의 추억물들이 사라진 것을 두고 포프는 이렇게 말했다. "그것들은 불타 없어진 그 어떤 것보다 내게는 값진 것들이었다." 몇달 후에 이와 매우 유사한 화마가 자전거 업계의 또 다른 대표 회사를 덮쳤다. 이 화재로 영국 코벤트리의 험버 자전거 공작소Humber Bicycle Works가 10만 파운드 상당의 피해를 입었다. 1895년 12월에는 뉴저지 버겐 강철 공장Bergen Steel Mill의 바퀴살과 프레임 제작 부문이 불탔는데, 화재 직전에 야간 작업원 하나가 알 수 없는 이유로 해고 됐다. 뉴욕 주 제임스 타운의 스트레이트 사Straight Manufacturing Company, 펜실베이니아 주 험버그의 월헬름 자전거 공작소Wihelm Bicycle Works, 사라토가의 버드 브라더스 사Budd Brothers, 오하이오 주 마리에타의 롭

델 바퀴 테 공장$^{Lobdell\ rim\ factory}$, 신시내티의 놀우드 자전거 공작소 $^{Norwood\ Bicycle\ Works}$, 시카고의 아이 실버맨 앤드 브라더스 사$^{I.\ Silverman\ and\ Brothers}$, 시카고의 파울러 자전거 차량 공작소$^{Fowler\ Bicycle\ and\ Carriage\ Works}$, 시러큐스의 반즈 자전거 공장$^{Barnes\ Bicycle\ Factory}$, 뉴욕 토나완다의 엘리콧 사이클 제작소$^{Ellicot\ Cycle\ Manudacturing}$, 롱 아일랜드의 브렌우드 타이어 공장$^{Brentwood\ tire\ factory}$……… 화재 피해 업체들의 목록은 계속 이어진다. 이 공장들은 모두 같은 기간에 발생한 의문의 화재로 소실됐다. 세기의 전환과 함께 자전거 산업이 불길에 휩싸여 버린 것이다.

자신에게 지워진 불리한 재정 부담을 다른 당사자에게 전가하는 일은 미국 문화의 관행이 됐다. 심지어는 첨단 화재보호 시스템과 정교한 감지장치가 발달한 요즘 시대에도, SUV 판매상들에게서 같은 느낌을 받는다. 그들도 자전거 회사들이 그런 것처럼 빠져 나갈 구멍을 미리 점찍어 놓고 있는 것은 아닐까? 이른바 '에코 테러리스트$^{eco\text{-}terrorists}$'라는 부류를 주의 깊게 살펴봐야 하는 까닭이다.

 낙타의 나라

미국에서도 낙타가 매우 중요하게 다루어질 뻔한 적이 있다.

1853년, 캔사스 준주$^{Kansas\ Territory}$에서 뉴멕시코의 정착민 거주지까지의 화물 운송이 여의치 않게 되고 비용이 올라가자 당시 전쟁성 장관이던 제퍼슨 데이비스$^{Jefferson\ Davis}$는 효율성이 떨어지는 소나 노새 대신 낙타를 이용해보면 어떨까 하는 생각을 하게 된다. 처음에 시험 삼아 30여 마리를 부려봤는데 성과가 좋았는지 데이비스의 후임자는 1천 마리를 더 수입해달라고 정부에 요구한다. 낙타들이 도착했다. 그런데 공교롭게도 이때 남북 전쟁이 발발하면서 이 단봉낙타 계획$^{Project\ Dromedary}$은 자연히 후순위로 밀려나게 됐다. 그리고 뒤에 철도가 남서부의 오지까지 이어지게 되자 낙타 계획은 흐지부지 되어버렸다. 그러나 어쨌든 미국에도 낙타가 넘쳐날 뻔 했다는 거 아닌가. 낙타를 타고 먼지 풀풀 나는 길을 가다가 모닥불 주변에 둘러 앉아 콩을 먹는 카우보이들이 있을 뻔 했단 말이다. 그랬더라면 노래하는 카우보이 로이 로저스$^{Roy\ Rogers}$(1911-1998, 미국의 가수이자 카우보이 영화배우, 자신의 아내인 데일 에반스$^{Dale\ Evans}$와 애마 트리거^{Trigger}, 애견 불릿^{Bullet}을 데리고 100편 이상의 영화에 출연했다- 옮긴이)는 트리거가 아닌 스팟^{Spit}(스팟은 침을 뱉는다는 뜻인데, 낙타가 침을 뱉는 습성이 있음을 빗대 작명한 것임- 옮긴이)이라는 이름의 낙타를 탔을 수도 있다. 낙타는 사람들 가까이에 있었다. 단지 이 사실을 알았던 이들이 적었을 뿐이다.

내가 미국에서 낙타가 활보할 뻔 했다는 얘기를 하는 이유는 외견상 상당히 뿌리가 깊어 보이는 어떤 문화적 습성이란 것도 이런 소소한 운명의 엇갈림, 권력을 쥔 자들의 편견이나 변덕, 장난, 발명가의 천재성 그리고 숱한 역사의 우연들에 속절없이 휘둘릴 수 있다는 걸 말하기 위해서다. 수많은 우연성이 개입됐고 그로 인해 이 나라는 낙타 국가로 갈뻔 하다가 말았다.

비록 사견이기는 하지만 미국은 '내연 기관의 전당'이 되는 한편으로, 혹은 그 대신에 전기자동차 산업을 완벽한 수준으로 끌어올릴 수도 있었다. 이런 저런 발명이 우후죽순으로 이루어지는 바람에, 혹은 발명이 지연되는 통에 그렇게 되지 않은 것일 뿐이다. 만일 헨리 포드가 전기자동차에 몰두했더라면 현실은 매우 다른 모습으로 나타났을 것이다. 전기 동력식 자동차와 가솔린 동력식 자동차는 한 동안 엇비슷한 속도로 발전하고 있었다. 포프 회사는 1890년대에 상당수의 전기 택시를 팔았다. 핸섬 캡hansom cab(운전석이 승객 좌석 뒤에 높게 위치해 있던 2인승 택시- 옮긴이)에 지속적으로 원격 충전을 해줄 수 있고 소모된 배터리가 교환 가능하도록 설계된 이 시스템은 2008년 이스라엘 전국에 샤이 아가시Shai Agassi가 설치한 시스템과 크게 다르지 않았다.

요컨대 미국은 낙타 국가가 될 수도 있었고 전기자동차 국가가 될 수도 있었다는 말이다. 그럼 이 나라가 네덜란드나 덴마크 같은 자전거 국가가 될 수도 있었을까? 강변일 수 있지만 나는 그게 가능했을 수도 있다고 생각한다. 만일 자동차 혁명이 몇 년만 늦게 일어났더라면, 아니 자전거 버블이 아예 조금 더 일찍 꺼졌더라면 절체절명의 위기에 몰린 이 산업 부문에서 자연히 마지막 힘을 짜냈을 것이고, 자신들의 상품을 전국 농촌과 노동계급에게까지 확산시켜 난관을 타개하고자 했을 것이다. 카우보이를 위시해 미국의 멋을 선도한다는 사람들이 자전거를 받아들였을 테고 이를 나름 괜찮은 모습으로 개량해냈을지도 모른다. 그러나 그렇게 하지 않고 그들은 자전거를 무시하거나 조롱했으며 이 기계와 사용자 모두를 거부했다.

오늘날에도 이런 태도는 살아 있어서 자전거 라이더 옆으로 픽업트럭을 빠르게 몰고 가면서 맥주 캔을 던지거나 차를 바짝 붙여 대고 "야! 이 멍청이 자식들아 길에서 나가!"라고 고함을 질러 대는 인간들을 종종 볼 수 있다. 어쩌면 우리에게 필요했던 것은 전기자동차 왕 헨리 포드가 아니라 자전거 왕 헨리 포드였는지도 모른다.

1920년대에 포드는 자신의 신차종 모델 T를 1880년대에 사람들이 자전거를 살 때 지불했던 것보다 싼 가격에 팔았다. 당연히, 이 모든 것을 가능하게 했던 주요한 원인은 가솔린의 가격이었다. 만일 미국이 전 세계에서 가장 매장량이 많은 축에 들어가는 유전을 가지게 되는 말도 안 되는 일만 일어나지 않았던들, 역사는 우리를 전혀 다른 길에서 전혀 다른 것을 타고 가는 방향으로 밀고 갔을지도 모른다. 하지만 미국에는 막대한 매장 석유가 있었고 역사는 그런 식으로 진행되지 않았으며, 그 결과는 현재 우리가 마주하고 있는 이 탐욕스럽고 혼돈스러운 상황이다.

 자유 혹은 억압

자전거를 타노라면, 내 안의 힘이 스스로를 드러낸다……
마리아 워드 Maria Ward, 1896

19세기에 자전거를 탄다는 것은 여러모로 여성의 권리라는 역사의 대의를 진보시키는 행위였다. 주름장식 달린 빅토리아 시대의 의상을 입고서는 자전거 타기가 불가능했다. 따라서 그런대로 수용 가능한 선까지 드레스를 줄인 여성용 '자전거 의상'이 등장했다. 얼마 지나지 않아 자동차 운전도 그랬지만, 자전거 타기를 배운다는 것 자체가 자유로워짐을 의미했다. 많은 사람들이 자전거 타기 같은 균형잡기 '묘기'가 여성이 하기에는 너무 어렵거나 막연히 비여성적인 행위라고 생각했다. 어쨌든 자전거를 탈줄 알게 된 여성은 곧장 도시 외곽으로 나가 길이 있는 곳이면 어디든 갈 수 있었으니 이는 구습의 사회적 억압에서 벗어나 오직 자신

괴물의 탄생 | 57

의 육체적 힘 외에 그 어떤 것에도 복종하지 않는 자유를 의미했다. 이 때 여성은 가장 '여성스럽지 않게' 땀을 흘리며 고된 운동이 주는 불타는 듯한 쾌감과 해방을 느낄 수 있었다.

"해가 갈수록 여성들의 자전거를 다루는 자신감이 늘고 있다." 1890년대 스포츠 잡지인 《아우팅^{Outing}》에 실린 기사의 일부다. 남성 라이더들은 얼마 지나지 않아 여성 라이더들에 대한 온정주의적인 태도를 바꾸게 됐다. 1896년 콜로라도 주에서 가장 지구력이 좋은 라이더는 라인하트$^{A. E. Rinehart}$ 여사라고 알려진 여성이었다. 라인하트 여사는 그해에만 거의 3만 킬로미터 이상 자전거를 탔다. 한 번에 150킬로미터 넘게 타는 라이딩을 무려 120번이나 즐겼으며, 콜로라도 주의 300킬로미터 구간 신기록을 달성하기도 했다. 그녀는 정말 대단하고도 집요한 라이더였다. 그러나 라인하트 여사는 자신들이 남성들보다 힘과 지구력, 자전거 타는 기술에서 결코 뒤지지 않음을 깨닫게 된 당시의 많은 여성들 중 한 명이었다.

여러 가지 이유로 자전거 위에 올라앉은 여성의 모습은 여권과 자유의 도발적인 상징이 됐다. 여성운동 지도자들은 자전거가 (자신들의 운동^{movement}에) 중요하다는 것을 익히 인식하고 있었고, 자전거 타기를 적극적으로 받아들여 많은 여성들에게 자전거를 배우길 권했다. 수전 앤서니$^{Susan B. Anthony}$와 엘리자베스 케이디 스

탠턴Elizabeth Cady Stanton은 자신들의 연설에서 자전거를 하나의 관념으로까지 격상시켰다.

앤서니는 자전거가 '세상 그 무엇이 한 것보다도 여성 해방에 더 크게 기여했으며' 자전거를 타고 있는 여성은 '자유로운, 구속받지 않는 여성성의 체현'이라는 유명한 말을 남겼다. 스탠턴은 "여성은 자전거를 타고 참정권을 향해 나아간다"고 외쳤다. 이런 인용구들은 지금도 모처의 여성학 강의실들에서 항상 되뇌어지고 있는 것들이다.

그런데 슬픈 것은, 자전거와 여성운동의 연계 정도가 역사적 사회 진보의 영역에서 자전거 라이더들이 자랑할 수 있는 것의 거의 전부라는 점이다. 미국 라이더들이 사회에 무엇을 기여했는가를 볼 때 대체로 부정적인 평가가 우세한 상황이다. 예를 들어, 19세기 '전미자전거인연맹'은 계급 우월의식을 공격적으로 표방했으며 인종 차별주의자 조직이었다. 비록 이 연맹의 회원 다수를 당시 미국 내 자전거 라이더들의 전부와 동일시할 수는 없겠으나, 크게 봐서 이 연맹 회원들을 위시한 당시 자전거 이용자들의 대부분은 뚜렷한 특징을 가지고 있었다. 그들은 부유한 백인 도시 거주자들로서 여가활동 삼아 자전거를 타는 사람들이었다.

하이휠 자전거 시대에 자전거는 상당히 비싼 물건이었다. 이런 사정은 안전자전거 시대 초기까지 지속됐으니 노동계급의 사람들은 이를 쳐다보기조차 어려웠다. 오늘날 같은 싸구려 자전거를 파는 대형 할인매장이 그 시절에는 없었으므로 처음부터 모종의 인구학적인 단층선이 그어질 수밖에 없었다.

시장이 공급과잉 상태로 들어선 1895년 이후에는, 크게 늘어난 신규구매자 층이 자전거를 구입하기 시작했다. 그러자 원조 라이더라고 할 수 있는 사람들은 이 새로 등장한 '저급한' 라이더들과 거리를 두려고 했다. 라이더들과 보행자 혹은 트럭 운전사들 간의 노상 분쟁이 점점 빈번해졌고, 도로를 헤집고 다니는 이 소리 없는 새로운 습격자들에 대한 대도시 시민들의 감정은 악화됐다.

전 세계의 '고상한' 라이더들은 이 거친 무법자들과 자신들은 전혀 무관함을 강조했다. 이런 이들의 모습은 21세기의 어떤 라이더들과 충격적일 정도로 흡사하다. 그 시절에는 스스로에게 '자전거인^{wheelmen}'이라는 명칭을 부여한 반면에 오늘날은 '자전거주의자^{cyclists}'라고 부르는 점이 다를 뿐이다. 그런데 이런 인증서를 자랑하는 라이더들의 수는 점점 줄고 있다.

미국의 자전거 인구는 엄청나지만 '자전거주의자'들은 소수의 배타적인 집단일 뿐이다. 그들은 돈 많이 들고 품격 있는 취미라는 자전거 본래의 의미와 상징을 보존하기 위해 분투하고 있다.[4]

---

[4] 고상한 자전거 인들은 항상 다른 라이더들을 공격할 채비를 갖추고 있다. 이는 자동차가 주류인 오늘날에도 진실이다. 물론 '고상한'이라는 말의 진정한 의미가 무엇이냐에 관해서는 만인의 생각이 다 다를 수 있다. 그렇기 때문에 자칭 고상한 자전거 인이 다른 자전거 인을 공격할 때 문제는 발생한다. 이 싸움은 대단히 흥미진진한 구경거리이지만 그리 생산적인 것은 아니다. 오늘날 '자전거 옹호자들'을 보면 단순한 문제를 놓고도 심하게 의견이 엇갈리며 인터넷 상에서 그들 간에 벌어지는 논쟁의 격렬함, 말싸움의 강도는 놀라울 만치 세다.

괴물의 탄생 | 61

자전거인의 배타성과 폐쇄적 사고

역사적으로, 자전거인들의 속물성이 대단히 극단적인 형태로 표출된 경우가 종종 있었다. 1894년 2월 인종 문제가 '전미자전거인연맹'의 내부 정치에서 중심적인 사안이 됐다. 새 회장인 찰스 러스콤$^{Charles\ Luscomb}$은 '백인의 힘'이란 기치를 내걸고 취임했다. 그는 켄터키 주 루이스빌에서 연맹의 주州대표자 회의를 열었다. 거기에서 러스콤은 와츠^{Watts}라는 인물을 소개했는데, 이 사람은 "'백인'이라는 단어를 삽입하여 피부색에 따른 차이를 두는 방향으로 연맹 규약을 개정할 것을 발의하기 위해 자리에서 일어섰다. 장황한 연설을 하면서 그는 왜 자신이 그러는지 설명했다. 와츠는 본인의 주장대로 조치가 취해진다면 1년 이내에 남부에서 5천 명 이상이 더 가입하게 될 것이라고 말하면서 끝을 맺었다. 와츠가 발언하는 동안 자주 박수가 터져 나왔다." 이 개정안은 수월하게 통과됐다.

인종주의적인 LAW 개정 규약은 그 후 105년 동안이나 지속됐지만 그다지 큰 물의를 빚지는 않았다. 세인의 뇌리 속에서 거의 잊혀졌던 이 개정 규약은 1999년 연맹 회장인 얼 존스$^{Earl\ Jones}$가 나서서 밀어붙인 끝에 최종적으로 폐기됐다. '백인만 $^{whites\ only}$'이라는 조항을 오랫동안 존속시킨 과오는 개정 규약만큼이나 연맹 자체가 일반인들의 관심 밖에 있는 하잘 것 없는 조직이었기 때문

 62 | 우리가 자전거를 타야 하는 이유

에 가능했던 것이다. 아무도 이 조직에 신경 쓰지 않았고, 규약을 읽어보거나 주목하지 않았기 때문에 고칠 생각도 하지 않았던 것이다(연맹은 대공황 이후에 사람들의 눈과 귀에서 멀어졌다. 그러다가 1960년대 중반에 몇몇 눈밝은 이들이 문제를 제기했다).

얼 존스는 LAW 규약을 개정하면서 상징적으로 또 다른 불공정성을 시정하려 했다. 이는 자전거 경주 챔피언인 메이저 테일러 Major Taylor에게 연맹 회원 자격을 부여하는 문제였다. 테일러가 살아 있었다면 이걸 원했을지 어땠을지는 확실치 않지만 말이다.

1890년대 자전거 라이더들 사이에서 팽배했던 인종주의는 불행하게도 당대의 풍조마저 넘어서는 상당히 심각한 것이었다. 그것은 이유야 어쨌든 아주 초창기부터 현재에 이르기까지 자전거 세계를 지배하고 있는 모종의 엘리트주의와 배타성이 극단적이고도 우울한 모습으로 명시화된 것이었다. 이런 공격적인 배타성이 오늘날의 자전거인들 사이에서도 분명히 존재하는 것을 보면서 우리는 그게 도대체 어떤 빌어먹을 이유 때문인지 의아해 하지 않을 수 없다. 인간 종족 전체를 훑어보면 저 혼자 고결한 척하는 얼간이들을 어디서든 볼 수 있다. 이런 자들은 반드시 모든 인간 행동, 그리고 모든 운송 방식에도 관계하고 있다. 자전거 세계라고 해서 예외가 될 수는 없다. 아니면 자전거 자체에 기이하고 특별한 마력이 있어서 이런 부류의 인간들을 강하게 끌어당기고 있는지도 모른다. 이따금 그래 보일 때가 있다. 너저분한 인격체들, 본능적으로 참견하거나 남을 배척하는 자들, 혹은 참견하면서 동시에 배척도 하는 자들이 자전거 세계에 이례적으로 많이 꼬인다. 만일 자전거 타기가 누군가가 자신을 둘러싼 세계에서 자신을 분리하기 위해서 하는 행동이라면 자전거 인기가 이렇게 치솟는 이유는 무엇일까? 알 수 없다. 수많은 인간들이 막상 자전거 클럽 하우스 안으로 들어오기만 하면, 자신이 열고 들어온 문을 거칠게 닫아 버리는 이유는 또 무엇일까?

한 가지는 확실하다. 일부 라이더들이 다른 라이더들을 포함한 주변 세상에 대해 보이는 신랄한 태도가 자동차의 억압 때문만은 아니라는 것이다. 이런 표독함은 자동차가 출현하기 전부터 완벽한 형태로 존재했으니 말이다. 자전거 라이더들은 결코 '평화의 영가^{Kumbaya}'를 동료 라이더나 다른 도로 이용자들과 함께 노래하지 않았다. 언제나 충돌만 했다. 자전거 자체가 어둠과 신산함, 그 위에 올라앉은 누구라도 전혀 딴 인간으로 만들고야 마는 악의의 표상이기 때문이라고 말할 수도 있겠다.

자전거가 발명된 이래 자칭 이 영역의 주인들은 벽을 세우고 자의적인 선별작업을 했으며, 시험문제를 출제했고 특수한 복장을 요구해 왔으며, 라이더가 되고 싶어 하는 사람의 면전에 얼음처럼 냉혹한 눈길을 보냈으며, 인종적인 기준까지 제시했다. 그러나 분명한 것은 기본 운송 수단으로서의 자전거를 보편화하려는 노력만이 이런 라이더 부류를 몰아낼 수 있을 거라는 사실이다. 이들은 정말 골치 아픈 적들이다.

괴물의 탄생 | 65

4

거물의 도래

두려움보다 더 빠르게

테일러 씨, 만일 당신이 48시간 이내에 떠나지 않는다면 안 좋은 일을 맞게 될거요. 우린 정식으로 말하는 겁니다. 목숨이 아깝다면 썩 꺼지시오.
(서명체로)백인 라이더 일동

1898년 봄 조지아 서배나^{Savanna}. 메이저 테일러의 집 현관에 붙어 있던 쪽지의 글. 해골과 뼈 그림이 그려져 있었음

마셜 테일러$^{Marshall\ Taylor}$(나중에 '메이저'로 개명했음)가 어릴 때 그의 부친은 인디애나폴리스의 부유한 집안인 사우다드^{Southard} 가에서 말 관리인으로 일했다. 마셜 또한 사우다드 가에 고용이 됐는데, 그 집안 아들인 다니엘의 놀이친구 역할이 그의 일이었다. 마셜과 댄은 떼려야 뗄 수 없는 친구가 됐다. 두 아이는 사우다드 집안에서 같이 먹고, 놀고, 나란히 앉아서 개인 교사 수업을 받았다. "나를 제외한 댄의 친구들 집안 역시 모두 부유했다. 그 아이들과 알게 된 지 얼마 되지 않아 나도 개들처럼 자전거 타는 법을 배우게 됐다." 테일러의 회고이다. "아이들은 나만 빼고 전부 제 자전거를 가지고 있었다. 그런데 댄이 어찌어찌 손을 써서 나도 마침내 한 대를 갖게 됐다." 보통의 상황이라면 빈곤한 가정의 흑인 아이가 자전거를 접해볼 가능성은 제로였을 것이다. 그래서 훗날 챔피언의 자리에서 자신의 화려한 과거를 떠올리던 마셜은 댄과의 우정이 '운명의 변덕' 같은 것이었으며 이것에서 모든 것

이 시작됐다고 말하고 있다.

어린 마셜은 학습이 빨랐고 곧 동네의 여느 아이들만큼 빠르고 유연하게 자전거를 탈 수 있게 됐다. 하지만 댄과 다른 아이들이 체육관으로 향할 때 마셜에게는 동행이 허락되지 않았다. 한편 마셜은 자신의 시간 대부분을 사우다드 집안에서 보냈기 때문에 오히려 본가에 있는 친형제나 누이들은 그를 남 취급했다. 이처럼 그는 아주 어린 시절부터 대립항의 중간에 있어야만 했다.

메이저 테일러의 경륜 경력은 일찍 시작됐는데 더불어 백인 적수들의 폭력 위협도 따라다녔다. 유색인들은 트랙 경주를 할 수 없었고 심지어 참관마저도 명백히 금지되어 있었다. 10대 시절 테일러는 경주 프로모터에게 특별 허가증을 얻어 거리경주에 몰래 참가했다. 자신의 참가를 비밀로 한 채 출발선에 가능한 한 가장 늦게 도착해서 예상되는 소동을 최소화했다. 선수 생활 초기 인디애나폴리스 부근에서 열린 한 경주에서는 선두 그룹을 멀찌감치 따돌리고 결승선을 돌파했다. 그를 잡으면 그냥 두지 않겠다고 이를 갈고 있던 경쟁자들이 너무 두려웠던 나머지 엄청난 속도로 달려버린 결과였다. 그는 버디 멍거$^{Birdie\ Munger}$, 그리고 친분이 있었던 전설적인 아더 짐머맨의 격려에 힘입어 결코 녹록치 않았던 경주들에 참가하게 됐다. 짐머맨은 경륜의 잠재적 가능성을 간파하고 있던 인물로 테일러에게는 아버지와 같은 존재가 됐다. 그러나 이런 우호적인 라이더들은 소수였고 압도적 다수는 그에게 적대적이었다. 그들 중 어떤 자들은 인간 테일러에 대한 혐오감을 만들어내고 이를 확산시켰다. 경력이 불어날수록 숱한 경기장과 주요 경주에서 그를 배제하는 횟수도 늘어났다. 아니면 여러 장애물들이 가로 놓이곤 했다. 예를 들어, 다른 경주자들에겐 당연하게 제공되는 식사와 숙박이 그에겐 허용되지 않아서 이를 확보하는 데 애를 먹어야 했다.

그러나 젊은 테일러가 내는 스피드를 무시하는 건 불가능했다. 그는 상위권 선수들을 이겨 나갔고 경륜 팬들은 점점 더 그를 찾았다. 그렇게 되자 많은 프로모터들이 그를 후하게 대접했고 거액의 대전료를 약속했다. 테일러와 다른 유명 선수들의 일대일 시합은 종종 흑백 대결이라는 서사시적인 분위기마저 풍겼다. '검둥이 꼬마'가 맥더피나 쿠퍼 혹은 버틀러 형제에게 어떻게 대적하는지 와서 보라는 것이었다. 도전자들은 꼬리를 물고 늘어서 있었지만 챔피언은 오직 한 명, '검은 챔피언'만 있을 뿐이었다.

거친 대접이라는 측면에서, 트랙 위의 테일러가 받은 대우는 스포츠란 본래 그런 것이라고 해도 분명 지나치게 부당한 것이었다. 경주자들은 부정한 방법으로 팀을 짜서 그를 방해하고 거꾸러뜨리려고 했다. 당시 한 신문에는 이런 기사가 실렸다.

"경륜 선수들 중에는 저급한 자들이 많다. 그리고 테일러를 상대할 때 이들의 존재는 가장 분명하게 드러난다. 라이더로서의 테일러야말로 그들 대다수보다 확실히 뛰어나다."

테일러는 결코 불패의 선수는 아니었지만 대부분의 경주에서 참으로 빨랐고 우수했다. 상대방을 완패시키는 경우에도 멋진 모양새를 갖추었다. 그는 빠른 만큼이나 유연했다. 그의 페달링 기술은 매우 효율적이어서 속도를 내면서도 에너지를 과도하게 소모하지 않았다. 테일러는 자신의 라이딩을 '보는 사람의 눈을 즐겁게 해주는, 편안하면서도 우아한 동작의 민첩성'[4]이라고 표현했다. 그 모든 것 곧 부드러운 기술, 그와 함께 항상 붙어 다니는 승리라는 말, 점잖은 태도, 검은 피부 등은 누군가에겐 정말 감당키 어려운 것이 되어 갔다.

1897년 9월 23일 드디어 일이 터졌다. 매사추세츠 톤턴^{Taunton}에서였다. 경주자들이 부드럽게 페달을 밟으며 오픈 결승선을 넘었을 때 베커$^{W.E.\ Becker}$라는 선수가 자전거에서 뛰어내리더니 테일러의 등에 올라탔다. 둘은 엉켜서 트랙 위로 떨어졌고 베커는 테일러의 목을 졸라 기절시켰다. 테일러는 15분간 의식을 잃었다. 베커는 선수 자격이 박탈됐고 분노한 관중을 피해 도망쳤다. 베커는 테일러가 먼저 자신에게 파울을 범했다고 변명했다. 그러나 베커가 테일러의 목을 조른 사건은 그의 만행을 비난하는 것이 아니라 테일러를 어떻게 할 것인가 하는 쪽으로 번져 나갔다.

이 일이 있은 얼마 후 《뉴욕 타임스》의 '자전거 가십'이라는 고정 칼럼에 이런 내용이 실렸다. "……많은 이들이 그 검둥이를 흑인끼리의 경주나 백인 팀과 겨루는 유색 선수 팀의 일원으로만 경주에 참가시킨다면 다른 라이더들이나 일반 관중의 눈에 훨씬 덜 거슬릴 것이라고 주장하는 바……" 아마 테일러가 '1인 검둥이 경주 리그'에서 자신의 기록과 경쟁을 했더라면 많은 사람들의 마음이 편했으리라. 그리고 얼마 가지 않아 몇몇 저명한 경륜 선수들이 작당을 해서 그를 경기장 밖으로 몰아낼 계획을 세운다.

 메이저 테일러 대 톰 쿠퍼

유럽 무대의 경주, 특히 '투르 드 프랑스'의 위용은 지난 50년간 세계인들의 눈앞에 자전거 경주라는 것이 무엇인가를 제대로 보여 주었다. 하지만 1890년대에 가장 격렬하고 권위 있는 경륜 경기는 대부분 급경사에 얼음처럼 매끄러운 나무바닥을 깐 타원형의 트랙에서 열렸었다. 대부분의 트랙 경기는 단거리였으며 지구력이 아닌 날 것 그대로의 스피드와 동작을 요구하는 것이었다. 1마일 혹은 5마일 경주 같은 것들이 주종을 이루었는데 선수들은 대부분이 마지막 바퀴를 돌 때 비축된 힘을 폭발시키고는 했다.[5] 1890년대의 관중들은 빠른 기록에 환호했다. 많은 경기에서 경주자들은 든든한 페이스 메이커들의 뒤에서 드래프팅^{drafting}(다른 사람이나 차량의 뒤를 따르며 맞바람의 영향력을 최소화하는 자전거 경주 기술- 옮긴이) 했는데 둘, 셋, 넷 때로는 다섯 명까지 페이스 메이커를 앞에 두고 라이딩을 했다. 메이저 테일러를 후원했던 전미경륜협회$^{The\ American\ Cycle\ Racing\ Association(ACRA)}$는 맨해튼 비치$^{Manhattan\ Beach}$ 경륜장에 이처럼 앞서가며 페이스 조절만 전문으로 맡는 라이더들을 40에서 50명 정도 급료를 주고 고용하기도 했다.

당시 라이더들의 스피드, 경쟁의 치열함, 심지어는 자전거 자체(싱글 기어일 경우)도 오늘날 우리가 경륜 트랙에서 보는 것들과 흡사했다. 벨로드롬은 맨 처음 세워진 이래 지금껏 전혀 변한 게 없다. 일대일 대결이건 단독 기록 경주이건 간에 지금의 자전거 트랙 경기를 한 번이라도 보면 메이저 테일러 시대의 자전거 경주가 어떠했는지도 쉽게 상상할 수 있다. 이는 특히 일본의 경륜^{競輪}(여기서 자전거 경기를 말하는 경륜이라는 명칭이 처음 나왔다- 옮긴이)에서 더 분명하게 보인다. 여기에서는 '더니^{dernies}'라고 부르는 모터를 장착한 자전거가 등장한다. 페이스 메이커들이 벨로드롬에서 이 모터사이클을 타고 경기자들의 앞에서 달리면서 스피드

---

5 관중들은 도로 경주 외에 트랙 장거리 경주에도 맛을 들이기 시작했다. 메이저 테일러도 6일 경주SIX-DAY라고 하는 장거리 경주에 참가했던 여러 정상급 선수들 중의 하나였다. 처음으로 나갔던 6일 경주에서 그는 한 번도 쉬지 않고 내리 18시간 동안 자전거를 탄 적도 있었다. 그러나 그의 주 종목은 단거리 속도경기였다

를 끌어올린다. 불행한 것은 더 이상 미국에서는 나스카^{NASCAR}(전미스톡자동차경주협회$^{The\ National\ Association\ for\ Stock\ Car\ Auto\ Racing}$의 약어로 여기서 주최하는 스톡 자동차 경주 대회를 통칭한다. 스톡 자동차란 전문 레이싱 자동차가 아닌 일반 시판용 자동차를 경주용으로 개조한 것을 말한다- 옮긴이) 외에는 트랙에서 열리는 경주를 보기가 어려워졌다는 사실이다. 당연히 1890년대의 자전거 경주는 그 시절의 나스카에 해당하는 것이었다.

톰 쿠퍼$^{Tom\ Cooper}$는 키가 대단히 크고 얼굴 윤곽이 뚜렷한 디트로이트 출신의 경륜 선수였다. 그는 전성기 시절 데일 주니어$^{Dale\ Junior}$라는 애칭으로 유명했다.

1896년 쿠퍼는 한 전국선수권대회에 참가한 것을 필두로(그 당시에는 여러 경륜 단체들이 저마다의 선수권 대회를 개최하고 있어서 전국 선수권이라고 해도 크게 권위가 있는 것은 아니었다) 3년간 여러 대회에서 정상권을 휩쓴다. 그 후 1900년에 프랑스로 건너갔고 그곳에서도 꽤 좋은 성적을 올린다. 쿠퍼는 꽤 유명해졌고 돈도 상당히 벌었다. 그리고 1901년 여름, 그는 마침내 메이저 테일러와 대면하게 된다. 이는 팬들이 오랫동안 고대해온 양웅 간의 맞대결이었다. 그러나 그때 쿠퍼의 야심은 자전거 경주 너머 더 멀리에 가 있었다.

메이저 테일러는 몇 년 동안 쿠퍼와 경기를 하고 싶어서 몸

거물의 도래 | 75

이 근질거리던 차였다. 그것은 쿠퍼가 세계 정상급의 단거리 자전거 경주선수였기 때문이 아니라, 그가 에디 '캐논' 볼드$^{\text{Eddy 'Cannon' Bald}}$와 함께 수년간 테일러 자신을 핍박하는 일에 혼신의 힘을 다한 라이더였기 때문이다. 선수조합의 간부였던 쿠퍼는 테일러의 선수생활을 평생 금지하는 일에 앞장섰던 인물이고 테일러는 이 사실을 잘 알고 있었다.[6] 그는 이전에도 여러 차례 결승 트랙에서 볼드, 쿠퍼와 마주쳤었다. 하지만 모두 다른 선수들과 함께였다. 그래서 테일러는 이 둘과 일대일 맞대결을 벌여 코를 납작하게 만들어버릴 기회만 벼르고 있던 참이었다. 볼드는 그 당시 3년 연속으로 전미선수권을 보유하고 있었는데, 테일러와 일대일 단거리 대결을 일언지하에 거절했다. 에디는 어떤 유색인종 선수와도 맞상대를 하지 않겠다는 개인적인 신념이 있었다. 그래서 테일러는 쿠퍼를 노렸다. 쿠퍼는 수년간 미적거리며 테일러의 도전을 피했다. 그러다가 둘은 마침내 1900년 쿠퍼가 프랑스에서 귀국했을 때 맞붙게 된다. 그러나 경기 직전에 쿠퍼가 트랙 상태가 적당하지 않다는 핑계를 대면서 양자의 대결은 취소된다.

그 이듬해 쿠퍼는 더 이상 대결을 피할 명분이 없음을 알게

---

6 테일러는 그의 자서전에 이렇게 쓰고 있다. "당시 '쿠퍼는 전미경륜선수조합$^{\text{the American Cyclists' Racing Union}}$'의 재무담당자였고 나를 평생 동안 자전거 경주 트랙 밖으로 밀어내려고 했던 주요 박해자들 중의 하나였다." 그런가 하면 테일러는 플로이드 맥팔랜드$^{\text{Floyd MacFarland}}$를 특히 혐오스런 인물로 지목하고 있다. 쿠퍼, 볼드, 맥팔랜드는 당시 경륜계에서 가장 뛰어났고, 영향력 있던 3총사였다.

된다. (대결하기로 결정하고) 그는 경기 전에, 종전까지의 승자 독식 방식이 아닌 패자도 일정 금액의 상금을 가질 수 있어야 한다고 주장했는데 이는 결과적으로 본인의 체면을 구긴 말이 되고 말았다. 테일러가 거부했기 때문이다.

경기에 앞서 식전 의식이 열리는 동안 쿠퍼의 트레이너였던 톰 에크$^{Tom\ Eck}$는 늘상 하던 대로 막말을 하기 시작했다. 테일러는 에크가 자신의 매니저에게 이렇게 말한 것으로 기억하고 있다. "이봐, 보브, 톰이 이제부터 자네의 저 작은 검둥이 녀석이 더 이상 자라지 못하게 예술적으로 가지를 쳐버릴 걸세." 에크의 입은 톰의 다리가 지불할 수 없는 공수표를 남발한 셈이 됐다. 테일러는 쿠퍼와 그가 자랑하는 108인치 기어 자전거를[7] 누구도 이견을 달 수 없을 정도로 완파했다. 그는 3판 2승제 시합에서 두 판을 연거푸 이겼다. 자신의 경쟁자를 멀리 따돌리고 결승선을 끊은 테일러는 이전에는 경기 중 한 번도 하지 않았던 행동을 한다. 그는 쿠퍼가 들어올 때까지 '승리의' 여유 구간을 천천히 더 달렸다. 쿠퍼를 완전히 비참하게 만들어버린 것이다. "진정 내 피를 끓게 했던 경기가 있었다면 바로 이 경기였다."라고 그는 훗날 말했다.

---

7 자전거의 기어 크기는 페달 1회전 당 진행한 거리로 표시된다. 쿠퍼의 108인치 기어는 경기용으로서도 큰 것이었다. 테일러는 시합을 하면서 쿠퍼가 비정상적으로 큰 기어를 쓴다는 것을 알아냈고 그 장점을 무력화 할 수 있는 경기 전술을 폈다.

 거물의 도래

메이저 테일러는 톰 쿠퍼를 누름으로써 국제적인 스타로 등장하게 됐다. 그때까지 쿠퍼는 유럽 투어에서 대단히 좋은 성적을 거두고 있었다. 그런 쿠퍼를 메이저 테일러가 벌레 짓이기듯 밟아 버린 것이다. 유럽에서 메이저를 모셔 가겠다는 손짓을 했다.

그는 그 다음 시즌부터 유럽에서 뛰게 됐고 머리 큰 프랑스 챔피언 에드맹 자클랭$^{Edmund\ Jacquelin}$을 완패시켜 많은 갈채를 받았다. 하지만 메이저 테일러는 차세대 '도래할 거물'은 아니었다.

쿠퍼는 그해 여름 내내 여러 시합에 참가했지만 들쭉날쭉한 성적을 거두었다. 테일러에게 패한 지 일주일 후 쿠퍼는 다시 매디슨 스퀘어 가든에서 그와 마주쳤다. 그러나 이번에 둘은 각기 다른 시합에 참가하고 있었다. 테일러는 우승했고, 쿠퍼는 예선 도중에 타이어가 터졌다. 그는 재경기를 벌여 예선은 통과했으나 결선에서는 포상 순위 밖으로 밀려났다. 흐지부지 된 시합이었다.

8월 말에 워싱턴에서 있었던 한 시합에서 쿠퍼는 프로 선수가 된 이래 처음으로 결선 진출에도 실패하게 된다. 패자전에서 승리하기는 했지만 그것은 미미한 위로가 됐을 뿐이다. 그런데 이 특별한 결선 경기는 오히려 놓치는 게 좋았다는 말도 있었다. 왜냐하면 플로이드 맥팔랜드가 넘어졌다가 일어나면서 아이버 로슨의

안면을 주먹으로 강타했고 이것으로 경기가 아수라장이 되면서 그대로 끝나버렸기 때문이다.[8]

며칠 후 쿠퍼는 하트포드 벨로드롬에서 열린 은퇴시합 격인 경기에 참가해서 우승했다. 그 경주에서 3명의 라이더가 한데 엉켜 넘어졌지만 그는 용케 피할 수 있었다. 그때 넘어진 라이더 중 한 명이 아이버 로슨이었다. 그는 트랙에서 튕겨져 나와 관중 속으로 날아가서 몇몇 사람들을 다치게 했다. 그해 여름 쿠퍼를 제외한 많은 라이더들은 유난히 일도 많았고 탈도 많았다. 메이저 테일러 역시 쿠퍼와 대결 이후 운이 나빠졌다. 보스턴의 한 트랙에서 심하게 넘어진 후유증으로 8월 중에 열린 여러 시합을 그냥 보내야 했다. 정상급 선수들에겐 시련과 상처로 점철된 여름이었다.

1901년 10월 10일 디트로이트의 고향에 돌아와 있던 톰 쿠퍼가 그로스 포인트$^{Grosse\ Pointe}$ 경마장에 모습을 나타낸다. 그때 그로스 포인트에는 경마시합이 없었다. 그 대신 이상한 신종 경주자들이 모여 있었다. 동력장치가 달린 탈 것들이었다. 그 중에는 헨리

---

8 플로이드 맥팔랜드는 언제나 싸움을 먼저 거는 스타일의 난폭한 인물이었다. 미국 자전거 경주의 역사라고 할 수 있는 그에 관한 한 에피소드를 피터 나이$^{Peter\ Nye}$는 이렇게 소개하고 있다. "오스트레일리아 빅토리아의 캠퍼다운^{Camperdown}에서 있었던 한 샴페인 리셉션장에서 직업 권투 선수인 불 윌리엄스$^{Bull\ Williams}$를 의도적으로 모욕했다. 둘은 맞붙었고 맥팔랜드는 상대를 묵사발로 만들었다." 경륜 선수에서 은퇴한 뒤 맥팔랜드는 시합 프로모터이자 매니저로 매우 성공적인 변신을 했으며 정장 양복에 중산모를 쓰고 자신의 이름을 붙인 자전거 경주용 반바지를 팔았다. 1915년 4월 뉴왁 벨로드룸에서 맥팔랜드는 트랙에 빙 둘러 깃발을 달려던 데이비드 랜튼버그$^{David\ Lantenberg}$라는 구장 내 사업권자와 시비가 붙었다. 처음에는 고성만 오가다가 점점 다툼이 격화되어 주먹질까지 하게 됐다. 랜튼버그는 덩치가 한참 작았다. 역부족을 느낀 그는 들고 있던 스크루 드라이버를 휘둘렀고 맥팔랜드의 귀 뒤를 찔러 죽게 했다. 랜튼버그는 그 공격이 과실이라고 주장했고 이게 받아들여져 살인죄는 면하게 됐다. 메이저 테일러는 맥팔랜드가 경기장 안에서나 밖에서나 자신에 대한 '혐오감'을 마구 드러냈다고 말했다.

포드가 끌고 나온 자동차도 있었다.

실제로 포드는 그날의 최고 스타가 됐다. 아주 초창기의 자동차 경주로 기록된 시합 중의 하나인 이 경기에서 그는 이겼다. 포드는 본인의 최신 작품을 먼지 이는 타원 트랙에서 어찌 보면 느리다고도 할 수 있는 속도로, 별로 두드러지지도 않게 몰았다. 정확하게 한 대만 이겼다. 알렉산더 윈턴$^{Alexande\ Winton}$의 차였다. 윈턴의 기계는 털털거리다가 제 풀에 서 버렸다.[9] 본격적인 자동차 경주였다고 말할 정도는 아니었다. 허나 윈턴은 초기 자동차 경주 선수들 사이에선 반드시 이겨야 할 인물로 알려져 있었다. 어쨌든 그에게 승리를 거둠으로써 포드는 대중들로부터 자동차 조립자로서의 인식과 존경을 얻는 발판을 획득하게 된다. 이는 아마도 그의 직업적 생애에서 가장 중요한 사건이었을 것이다.

그날 트랙에서 가장 빨랐던 것은, 그럴싸한 모터를 단 2인승 자전거였는데 톰 쿠퍼와 그의 친구인 바니 올드필드$^{Barney\ Oldfield}$가 갖고 나온 기계였다. 20세기가 시작되기 전, 자신들의 스포츠에 쇠락의 기운이 도래하고 있음을 직감한 경륜 프로모터들은 프랑스제 페이스 메이커용 동력 자전거를 사들였다. 이게 모터사이클의 계기가 된다.

---

9 다른 사람들과 마찬가지로 알렉산더 윈턴도 자전거 제조업을 하다가 자동차 경주계로 투신했다. 1930년에 제너럴 모터스는 윈턴의 엔진 제작부를 사들였는데 이게 GM의 전기-동력$^{Electro-Motive}$부가 된다. 이 공장에선 유선형의 디젤 기관차용 대형 엔진을 제작했고 이로써 미국의 증기기관차 시대가 퇴조하게 된다. 전기-동력부에선 20세기 내내 기관차 엔진과 미 해군용 잠수함 엔진을 생산했다.

하지만 그로스 포인트의 관중들은 모터를 달았건 안 달았건 간에 이미 자전거에 흥미를 잃고 있었다. 모터 바이크나 그걸 이용해서 경주 속도를 끌어올리는 경륜방식의 신기함은 1901년쯤에는 이미 한물 간 상태였다. 사람들은 두 명의 자전거 경주 선수가 모터를 단 2인승 자전거를 타고 연출하는 뻔한 장면에 하품을 했다. 변화의 바람이 일고 있었고 거기에선 고무 타는 듯한 냄새가 났다.

 999

포드가 역사적인 승리를 거두기 바로 직전에, 톰 쿠퍼가 헨리 포드와 트랙을 한 바퀴 도는 모습이 보였다. 디트로이트의 한 지역신문에 따르면, 쿠퍼는 포드에게 경주 요령을 알려줬다고 한다. 아마 쿠퍼가 포드와 처음으로 엮인 게 이때였을 것이다.

그해 겨울, 쿠퍼는 디트로이트를 떠나 석탄 광산을 운영하러 콜로라도 남서부로 간다. 이듬해 3월 16일자 《디트로이트 프리 프레스Detroit Free Press》에는 '톰 쿠퍼가 탄광에서 돌아왔다'라는 기사가 실린다. 쿠퍼는 탄광업을 완전히 정리하고 헨리 포드와 계약을 맺고 있었다. 계약 시점은 아마도 그로스 포인트 때까지 거슬러 올라간다고 봐야 한다. 그는 포드에게 이렇게 말한다. "경주용 자동차를 만드세. 내가 돈을 댈 테니 자네는 기술을 발휘하게." 포드는 막대한 현금 유입과 재정 후원자들의 속박에서 벗어날 수 있는 기회를 마다하고 싶지 않았다. 비록 포드의 아내 클라라는 쿠퍼가 '천한 여자들'과 관계를 맺고 있다면서 그를 신뢰하지 않았지만 포드는 쿠퍼의 제안을 수락했고 그때까지 아무도 본 적이 없는 엄청난 경주용 자동차 제작에 들어갔다.[10]

그는 소수의 인원들만을 데리고 당시 빠르기로 명성이 자자했던 기관차의 이름을 딴 999의 제작 작업에 매달렸다. 디트로이트에 있는 바톤 펙$^{Barton\ Peck}$ 자전거 샵 뒤켠에서였다. 1902년 드디어 자동차가 완성되어 나오자 언론에 작은 센세이션이 일어났고 제작 기술자들 중 몇몇은 결과를 확신하지 못해 불안감에 몸을 떨었다. 투박한 프레임과 밖으로 노출된 엔진으로 인해 그건 마치 기괴한 '공업 보행기'처럼 보였다. 운전자는 완전히 무방비 상태로 엔진 뒤에 높이 앉아 핸들 역할을 하는 조악한 T자형 막대기를 쥐고 있어야 했다. 엔진은 그때까지 자동차에 장착된 것들 중 가장 큰 가솔린 엔진이었다. 제작자들은 이 차가 시간당 100마일 이상의 속도를 낼 수 있을 것으로 계산했다. 이는 몇 차례의 주행 시험을 거쳐 나온 것이었는데, 시험하는 내내 에드 스파이더 허

---

10 포드가 후원자들과 헤어지고 쿠퍼와 동업을 하게 되자 남은 그들은 캐딜락^{Cadillac} 자동차 회사를 세운다. 포드 여사의 느낌은 그녀의 편지에 상당히 분명하게 드러나 있다.

프$^{Ed\ Spider\ Huff}$라는 정비공이 엔진 위에 달라붙어 속도를 조절하고 몸을 진행방향으로 구부려 일종의 안정추 역할을 해야했다.[11]

어느 시점에선가 쿠퍼와 포드는 결별하게 된다. 무슨 사정이 있었는지는 분명하게 밝혀진 바 없다. 클라라 포드는 "그가 여러 번 비열한 속임수를 쓴 것"이 헨리에게 발각됐다고 쓰고 있다. 쿠퍼가 이 차의 평판을 다소간 떨어뜨리려는 시도는 했음직하다. 그렇게 함으로써 좀 더 유리한 조건에서 차에 대한 권리를 확보할 수 있었기 때문이다. 어쨌든 포드는 자신이 속임을 당했다고 생각했고 자신의 아내나 메이저 테일러가 쿠퍼에 대해 가지고 있는 것과 비슷한 견해를 그 또한 갖게 됐다. 그 경주용 차는 결국 쿠퍼의 손에 넘어가게 된다.

쿠퍼는 본인이 알고 있는 가장 거칠고 미친 녀석을 고용해서 아직 길들여지지 않은 999를 몰게 했다. 바로 바니 올드필드였다. 999 위에 올라탄 바니는 이전의 강하지만 어설펐던 아마추어 자전거경주 선수에서 미국 스포츠 사상 가장 유명한 인물로 변신하게 됐다. 운전석에 바니를 싣고 이 악마의 보행기는 흙 트랙을 시간당 100킬로미터 이상으로 달렸다. 포드-쿠퍼 999는 세상에 존재하는 모든 다른 자동차의 열린 문짝을 날려버릴 만했다.

처음으로 자동차 경주가 대중들 앞에 가공할 속도감과 폭발성

---

11 포드와 동료들, 특히 스파이더 허프와 해롤드 윌스$^{Harold\ Wills}$가 실제로 그해 여름 두 대의 비슷한 자동차를 제작했다. 그 중 한 대가 999이고 다른 한 대엔 화살^{Arrow}이라는 이름이 붙었다.

을 선보이게 된다. 그리고 이는 그 후 100년 동안 누구도 거부할 수 없는 매력적인 스펙터클이 됐다. 포드가 쿠퍼와 아주 냉랭하게 헤어졌다지만 사람들은 올드필드가 온 나라의 트랙을 헤집고 다니는 이 무섭게 생긴 차가 그의 작품이란 걸 잘 알고 있었다. 포드는 이런 대중들의 인식을 밑천 삼아 포드 자동차 회사를 세우기로 한다.

999는 축복받지 못한 사생아였다. 이 차의 거친 질주는 포드의 천재성과 쿠퍼의 돈, 올드필드의 배짱이 엉뚱하게 맞아 떨어진 결과였다. 난 일요일마다 나스카^{NASCAR} 시합을 본다. 소파 옆에는 맥주 냉장고가 있고 뒤에도 한 대 더 있다. 내가 지켜보고 있는 것이 자전거 트랙 경주에서 연원한 것임을 잘 알고 있다. 나스카 경주를 애초에 일궈 낸 사람들이 페달꾼들이라는 사실을 상기할 때마다, 이 자동차 경주를 미친 듯이 좋아하는 어떤 사람들은 기분이 다소 상해하는 눈치다. 그들의 떨리는 남부 억양에서 그걸 알 수 있다. 허나 역사의 행로는 그게 맞다. 이 자동차 경주가 어디서 출발했는지를 보려면 어쨌든 데이토나^{Daytona} 해변 넘어 더 멀리를 보지 않으면 안 된다. 마크 마틴$^{Mark\ Martin}$(미국의 유명 자동차 경주 선수- 옮긴이)이 방화복 안에 자전거용 바지를 입고 있는 것은 너무도 당연한 일이다.

 **톰 쿠퍼의 사망**

자동차 시대가 본격화 하면서 톰 쿠퍼는 자전거에서 자동차로 갈아탔다. 얼마 안 가서 이 전직 경륜 챔피언은 자동차 경주 프로모터이자 선수로 알려지게 됐다. '쇼퍼르^{Chauffeur}'라는 단어는 자동차 운전수라는 프랑스어 원뜻에서 변질되어 경주용 자동차를 모는 사람이란 의미로 통용되기 시작했다. 쿠퍼와 올드필드 외에 수많은 자전거경주 선수들이 자동차를 몰기 시작했다. 이들이 순간적으로 알아차린 사실은 손으로 조립한 이 철판 상자를 고속으로 몬다는 것은, 특히 똑같이 엉성한 다른 자동차를 모는 비슷한 초보 운전자들 속에서 달린다는 것은 인간이 할 수 있는 가장 위험한 놀이라는 것이었다. 그 당시에는 요즘처럼 운전자를 보호하는 강철 지지대와 안전벨트도 없었다. 여하튼 차를 가지고 시합을 하는 것은 자전거 경주보다는 훨씬 위험하고 불을 뿜는 맥심 기관총구 앞에 서 있는 것보다는 조금 안전한 일이었다. 그러나 그들에게는 이런 위험이야말로 확실히 어떤 매력이 되고 있었다. 초기의 자동차란 것은 자전거 경주에 따르는 온갖 위험한 요소들을 그러모은 다음 거기에 모터를 단 것과 다름없었다. 이 기계는 친절하지 않았다. 올드필드가 구사하는 멋진 회전은 가끔 좌충우돌, 펜스를 여기저기 들이받다가 관중 속으로 뛰어드는 난

1910년 무렵의 매트슨

장으로 끝나곤 했다. 그리고 그 해법으로 장벽이 설치됐다.[12] 자동차 경주장에서 인명피해가 일어나도 관중의 수는 늘어갔다.

1906년 톰 쿠퍼는 자동차 경주에 참가할 겸 '6일 자전거 시합' 프로모션도 할 겸 전국을 돌아다닌다. '999'의 출현 이후 5년 간 자동차의 발전 양상은 대단했다. 그 무렵 그가 몰던 차는 대형 매트슨Matheson이었는데 포드-쿠퍼 모델보다 월등히 세련되고 가속력도 좋았다.[13]

11월 하순 쿠퍼는 뉴욕 시에 있었다. 그는 친구들과 매트슨 로

---

12 한 잡지와 인터뷰에서 바니 올드필드는 이렇게 말했다. "펜스를 뚫고 들어갔어도 관중석 속의 누군가를 다치게 하지 않았다면 나는 것을 사고로 보지 않는다." 자동차를 몰고 나서 첫 두해 동안에 올드필드는 사고로 인해 3명의 관중을 죽게 했고 여러 명에게 부상을 입혔다. 그의 첫 번째 대형사고는 999를 버리고 알렉산더 윈턴이 제작한 베이비 불릿Baby Bullet을 몰게 된 직후에 일어났다. 얼 카이저Earl Kiser는 인기 경륜 선수였고 '일 대 일 시합의 왕'이라고 부르던 사람이었는데, 그 또한 1905년 올드필드의 차와 충돌사고를 겪고 불구가 됐다.
13 포프의 아들은 해롤드 린든 포프Harold Linden Pope인데 그는 자기 부친의 자전거 공장에서 제도공으로 일했으며 대단한 성공작이라고 할 수 있는 매트슨의 '조용한 6기통' 엔진을 설계해서 찬사를 받았다. 이 엔진은 1909년에서 12년까지 생산됐다.

거물의 도래 | 87

드스터(2, 3인승 무개차- 옮긴이)에 우겨 타고 센트럴 파크 주변을 돌아다녔다. 그러다가 자정 직전에 한 운전자와 속도 경쟁이 붙었다. 초반에 쿠퍼는 그 익명의 경쟁자보다 우위에 있었다. 그러나 그가 트랙에서 아무리 날고 기었다 하더라도 교통 혼잡한 대도시에서는 그리 유리하지 않았다. 즉석 경주가 고속으로 치달릴 때 77번가 초입 근처의 웨스트 드라이브에 연료가 바닥이 난 차가 한 대 서 있었다. 쿠퍼의 매트슨이 시속 90킬로미터의 속도로 달리고 있던 그 길목이었다. 운전수는 차를 밀어 길가에 대 놓고 어딘가로 가솔린을 얻으러 갔다. 그 사이 차주인은 뒷좌석에 앉아 있었다. 매트슨은 정지한 이 차의 모서리를 치면서 길에서 튕겨져 나갔고 그대로 굴렀다. 차는 공중에서 회전하며 쿠퍼와 동승자들을 허공에 뿌려버렸다. 톰 쿠퍼는 현장에서 즉사했고 나머지 두 명은 치명상을 입었다. 쿠퍼의 여자 친구였던 버지니아 레빅$^{\text{Virginia Levick}}$이라는 여배우만이 유일하게 멀쩡한 생존자였다.

 메이저 테일러의 사망

이 무렵에는 메이저 테일러조차도 자동차로 눈을 돌렸다. 1905년 봄, 자신이 살고 있던 워체스터^{Worchester} 중심가에서 테일러는 속도위

반으로 두 번이나 걸렸으며 대로상에서 자동차 경주를 벌인 일로 35달러의 벌금을 내기도 했다. 톰 쿠퍼가 펜실베이니아에서 조립한 매트슨을 탄 것과는 대조적으로 테일러의 차는 프랑스제였다.

  자전거경주 선수로서의 마지막 장을 장식하고 나서 테일러 또한 다른 많은 이들이 그랬듯이 자동차 업계로 뛰어들었다. 그는 독특한 아이디어를 내어 놓았는데, 어쩌면 너무 독특한 것이었는지도 모르겠다. 그가 생각했던 것은 스프링이 달린 강철 '타이어'였다. 그 당시 차 주인들은 형편없는 타이어 내구성에 골치를 썩고 있었는데 그에 대한 해법 삼아 그런 생각을 한 것이었다. 테일러의 오랜 스승인 버디 멍거는 이미 자동차 부품 사업에서 성공을 거두고 있었던 터라 테일러가 그 타이어를 시장에 내놓는 데 도움을 주고자 했다. 하지만 그게 천재의 상상이었건, 아니면 우스운 망상이었건 간에 '강철 테일러 타이어'는 성공하지 못했다.

  그렇지만 메이저 테일러는 대회 성적뿐만 아니라, 그가 상대했던 저 믿기 어려울 정도로 허접한 온갖 쓰레기들을 생각해보면 당대 최고의 자전거경주 선수라고 불러도 지나치지 않다. 그는 자신의 스포츠 분야에 진출하기 위해 맨 몸으로 인종 장벽을 뚫어야 했다. 이는 재키 로빈슨[Jackie Robinson](메이저 리그 최초의 흑인 선수- 옮긴이)이 프로 야구계에 입성하기 50년 전의 일이었다. 테일러는 다른 선수들이 집단으로 달려들어 그의 삶을 피폐하게 만들었어도 최고의 자리에 올랐다.

그가 (자전거로) 더 이상 스피드를 내지 못하게 됐을 때, 테일러에게는 의지할 것이 별로 남아 있지 않았다. 자전거 경주라는 스포츠 전체가 쇠퇴기로 접어들었다. 당시 은퇴한 경륜 챔피언에게는 돈이 될 만한 일도, 언론의 주목도, 누군가를 지도할 수 있는 기회도 없었다. 그에게는 지방 공업학교 입학도 허가되지 않았다. 자신의 자동차 관련 발명품과 스스로가 설립한 테일러 제조회사가 실패로 돌아가면서 그의 삶은 미끄러져 내리기 시작했다. 기록에 따르면 그는 기계공, 그리고 자동차 정비공으로 일했다고 한다. 1925년에 자신이 25년간 소유했던 고급 주택을 팔고 그는 점점 정신착란 증세가 심해지는 아내와 함께 아파트로 이사한다. 1929년 테일러는 자서전을 자비 출판했고 이걸 들고 이 동네 저 동네 운전해 다니면서 팔게 된다.

테일러의 건강 또한 재정 상태와 궤를 같이하여 급속히 악화됐다. 고약한 대상포진에 시달린 그는 빈번하게 그리고 장시간 병원 신세를 져야 했다. 1932년 자신의 책을 팔러 시카고로 간 그는 병으로 또 입원하게 된다. 이게 최후의 일격이었다. 그는 완전히 무너진 채 시립 요양시설로 옮겨졌고 그곳에서 53세에 심부전증으로 숨을 거뒀다. 세상은 자전거 경주를 잊었고 메이저 테일러를 잊었다. 전 세계 챔피언은 묘비도 없는 무덤에 눕고 말았다.

5
유용성

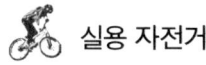 ## 실용 자전거

비록 주로 스포츠용으로 쓰이기는 했지만 자전거는 19세기 후반 사람들에게 실용적인 목적을 위해 요긴하게 활용할 수 있는 중요한 기계라는 인상을 강하게 줬다. 그럼에도 불구하고 간편하고도 실용적인 이동 수단으로서의 라이딩은 그다지 주목받지 못했다. 도심의 철도망이 구석구석까지 뻗어 있었고 제 기능을 잘 하고 있었기 때문이다.

그 당시 자전거와 관련한 흥미로운 전망은 이게 경찰이나 소방업무, 살인사건 해결 같은 남성적이고 거친 일에 쓰일 수 있을 것이라는 예상이었다. '매우 공적인 업무를 위한 공적인 차량'이라는 당시의 자전거 모토는 최근 레인지 로버$^{Range\ Rover}$ 광고에서 써먹은 바도 있다. 자전거를 탄 경관은 공무집행 영역이 좀 더 넓어졌다. 뉴욕시의 자전거 경관들은 당시 시민들의 원성을 사고 있던 자전거 폭주족을 단속했다. 그러나 도입 초기에는 달아난 말이나 법을 어긴 짐마차 마부들을 추격하기도 했다(10년 후 뉴욕시는 100명 이상의 자전거 경관을 두게 된다).

그리고 좀 더 확실한 활용사례로 들 수 있는 것은 자전거 배달원이다. 이들이 등장해서 여러 상품들, 소포, 편지 등을 전해주기 시작했다. 세속적인 상업용 바퀴라고 할만 했다. 시카고에서는 말을 타는 것보다 편리하고, 이런저런 사정으로 발이 묶이게 된 경우에 자전거가 유용하게 쓰인다는 것이 알려진 뒤로는 도시 전체가 자전거 탄 배달원들로 넘쳐나게 됐다. 1894년 벨 전신회사의 신시내티 지국에서는 30명의 검수원들에게 자전거를 지급했다.

이 해에 파리에서는 자전거에 모터를 다는 시도를 하고 있다는 소문이 나돌았다. 자전거가 한참 인기몰이를 하는 시점에서 미국 언론에 모터 소리가 들려온 것이다. 페달 방식의 자전거는 절정의 자리에서 갑자기 어떤 존재론적 위기 속으로 팽개쳐지게 됐다. 1897년이 되자 '말이 필요 없는 마차'라는 꿈이 실현된다는 것은 분명한 사실이 됐다. 전기 동력 마차와 가솔린 동력 마차가 전시회에 나란히 선보였다.

뉴욕의 사업가 넷이 이른바 '클론다이크 자전거$^{Klondike\ Bicycle}$'라는 짐자전거를 만들겠다는 생각을 밝힌 것도 그해였다. 이 자전거로 수백 파운드의 광산장비를 알래스카 금광까지 나른다는 것이 그들의 생각이었다. 그러나 그들의 아이디어는 아깝게도 너무 늦은 것이었고 또 세상이 돌아가는 것을 제대로 파악하지 못한 결과이기도 했다.

최강의 자전거 선발 타격대

이번에는 '전장에서 자전거를 써보면 어떨까' 라는 의견이 나왔다. 공무라면 가장 공무적이라고 할 수 있는 이 용도를 놓고 무수한 생각과 호언들이 돌출했다. 휴 배런$^{Hugh\ J.\ Barron}$ 하사는 자전거 군용화의 지지자였고 미합중국자전거병사협회$^{United\ State\ Military\ Wheelmen}$라는 조직의 열성회원이었다. 그는 자전거가 어떻게 전투에 활용될 수 있는지 자신의 생각과 희망을 이렇게 털어 놓았다. "작전 초기 단계에 자전거 병들은 강력한 선발 타격대 역할을 할 수 있다. 이들은 적들이 진열을 갖추기 전에 적진 깊숙이 침투해서 통신망을 파괴하는 등 큰 위력을 보여줄 수 있을 것이다."

이게 먹히지 않으면 어쩌면 현란한 자전거 묘기를 보여줌으로써 적들의 입을 헤벌리게 할 수도 있겠지만, 어쨌든 배런 하사는 자전거 군단이 "우군 본진으로 하여금 그 위에 적병을 올려 놓고 망치로 강타할 수 있게 하는 모루 역할을 해줄 것"이라고 장담한다. 이거야 말로 출퇴근용으로 쓰는 것보다 훨씬 더 박력 있게 들리지 않는가? 그런데 배런 하사의 계획을 듣고 있노라면 뭔가 절망감이 느껴지지 않는가? 육체를 쓰는 노동 계층이 갖고 있는 어떤 남성적 힘과 연결되어 있는 자전거 타기라는 취미가 많은 여성들에게 받아들여져 여권의 상징이 된다면 일부 마초 라이더들에게는 남성성의 위기로 생각될 수도 있을 터였다. 그래서 그들은 이 기계를 먼지 자욱한 전장에서 영예로운 무기로 사용함으로써 자전거를 여성성과 관련이 없는 것으로 만들고자 했던 것이다. 오로지 재미삼아 적을 죽이고 그 시체를 자전거로 타고 넘는 터프한 남성들을 그(녀)들은 비웃지 못할 것이라는 생각을 했던 자들에게 절망감을 느끼지 않을 수 없는 대목이다.

자전거를 타고 대규모의 전투에 임한다는 이 같은 환상에 치명적 결함이 있음은 누구라도 쉽게 알 수 있을 것이다. 1894년에 나온 '자전거 전투' 안에 대한 비판적 견해를 하나 들어보자. "갈아 놓은 들판에서 말을 타는 거라면 아주 간단한 문제이다. 하지만 그런 곳을 자전거로 가는 건 불가능하다. 글쎄, 만일 포장된 도로에서만 전투를 하기로 적군과 협정을 맺고 있다면 자전거 부대가 대단한 위력을 발휘하겠지만 말이다." 그 뿐인가, "설사 전투가 잘 닦인 길 위에서만 벌어진다 쳐도 적군이 양탄자 고정용 압정 몇 포대만 뿌려 놓으면 공기주입식 타이어를 장착한 자전거는 무용지물이 될 것이다."[4] 자전거 전투병에게는 활동할 수 있는 적절한 지형이 필요하다는 이야기이다.

그런가 하면 자전거는 총에 맞아 죽지도, 놀라지도, 배고파 하지도 않을 것이며, 주변에 아무도 없다고 불쑥 아무 말이나 내뱉지도 않을 것이다. 그런데 전투용 자전거의 옹호자, 비판자도 공히 향후 수 년 이내에 초현실적이고 무시무시한 쪽으로 전쟁의 방식이 바뀔 것이라는 데에는 의견이 일치하고 있었다.

배런 하사 같은 옹호자들은 포프 같은 자전거 제조업자들의 후원을 등에 업었거나 아니면 그저 한 통속이었을 것이다. 포프로 말하자면 자신의 상품이 군산복합체 속으로 진입했으면 하고 열망하던 자 아니던가. 1892년 남북 전쟁의 베테랑인 포프 대령은 두 명의 작가를 써서 각기 다른 두 종류의 라이더용 군사훈련 교본을 펴낸다. 그리고 1896년에 그의 회사는 매디슨 스퀘어 가든의 연례 전시회에 특수 자전거를 선보인다. 이 자전거는 탑 튜브(자전거의 다이어몬드 형 프레임에서 가장 위에 있는 수평 튜브-옮긴이)에 40파운드짜리 콜트 기관총을 장착한 것이었다. 확실히 요즘의 교통체증 현상을 염두에 둔 작품이 틀림없다. 아이러니하게도 포프의 이 호전적인 창조물은 군용 자전거 대 말^馬 논쟁의 종식이 임박했음을 알리는 신호가 되었다. 하이램 맥심의 아버지가 개발한 기관총의 도래가 여타 산업화된 살인 도구들과 마찬가지로 '기병대 돌격'이라는 개념에 종지부를 찍었듯이 말이다.

수십 년 후에 자전거는 동남아시아의 정글에서 매우 효과적인 전쟁 도구임을 증명하기는 했다. 하지만 절대로 휴 배런 하사가 꿈꾼 방식대로는 아니었다.

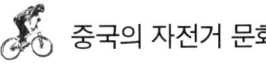 중국의 자전거 문화

한 나라의 주된 운송 시스템은 그 국가의 기본 구조와 그 속에 사는 국민들에 관한 몇 가지 정보를 알려 준다는 것이 정설이다. 이 시스템을 결정하는 것은 해당 국가의 문화적인 전통과 본질적인 어떤 속성, 즉 그 국가의 유전자라고 할 수 있다. 운송 교통은 요컨대 국가의 영혼을 들여다볼 수 있는 창과 같다. 이런 관점에서 보면 미국인들이 자동차를 몰고 그토록 많은 에너지를 연소하는 이유를 모종의 특유한 '미국적 속성$^{\text{America-ness}}$' 때문이라고 말할 수도 있을 것이다. 네덜란드 인들이 자전거를 타는 것은 엉뚱하면서도 귀여운 데가 있는 그들의 유럽적 성향 탓이다. 이로 인해 그들은 자전거를 생활화하고 향정신성 마약을 어느 정도까지 합법화할 수 있었다. 그러나 주류의 생활 방식 안에 이색적인 방식을 들여오는 데는 문화·지리적 결정요인 만큼이나 개개인의 지향성, 비합리적인 의사결정 행태 등이 중요한 역할을 한다. 가장 처음에 '일국적 특성$^{\text{national character}}$'이란 것을 만들어내는 건 역사의 우발적 사건이라고 할 수 있다. 실제로 역사가 진행해온 제멋대로의 행로를 곰곰이 들여다 보면 밀란 쿤데라가 말한 '참을 수 없는 존재의 가벼움'이 엄습하게 될 것이다.

언젠가 우리는, 지금 문화적으로 깊이 뿌리박혀 있어서 전혀 변할 것 같지 않은 운송 패러다임에 급격하고 극적인 전환이 이루어지는 것을 보게 될 것이다. 마치 스위치를 젖히는 것처럼 말이다. 그렇지만 그것은 최초의 그런 일은 아닐 것이다.

중국의 자전거 역사는 이런 것들이 어떻게 작동하고 또 작동하지 않는지, 그 흥미로운 본보기를 보여준다. 중국의 운송시스템이라는 말을 들으면 많은 사람들은 수많은 자전거들이 거대하고 뿌연 도심을, 무수한 보행자들과 스쿠터와 인력거들 사이로 강물처럼 흘러가는 장면을 떠올린다. 비록 지난 10여 년간, 어마어마한 수의 중국인들이 자전거를 버리고 자동차 키를 쥐게 됨에 따라 이런 풍경에 급속한 변화가 왔다고는 하나 자전거의 나라라는 중국의 국가 이미지는 반 세기 동안 적절한 것이었다. 중국을 이처럼 만든 게 있다면 그건 중국을 상징하는 어떤 특성일까? 그렇지만 특별한 것은 없다는 것이 그 간명한 대답이다.

1890년대에 미국과 유럽을 여행하고 돌아온 몇몇 소수의 진보적인 사람들이 중국에 자전거를 소개했다. 그 당시 중국에 들어온 대다수의 것들처럼 자전거 또한 신기한 기술 제품이었을 뿐만 아니라 전혀 이질적인 문화로서 근대성 자체를 상징하는 것이기도 했다. 누군가가 자전거를 타고 동네에 나타나면 모든 주민들이 구경했다. 이 때 자전거는 숨 막히는 구습에서 벗어나 앞으로 나아가고자 하는 열망을 상징하는 것이었다. 다른 나라에서 한때 여성운동과 여권을 상징했던 것처럼, 중국에서 자전거는 억압적인 전통에 공세적으로 맞서는 이념을 적재하고 등장했다. 중국에서 자전거는 전통문화의 산물로 출현한 게 아니었다. 귀족과 관료들이 가마를 타고 가는 게 이 나라에서 선호되던 이동방식이었다. 자전거는 이 같은 문화에 가해진 일종의 타격이었다. 자전거 타기는 극단적으로 비#중국적이었다.

미국에서도 그랬지만 19세기 말 20세기 초에 중국에서 자전거를 탄다는 것은 소수 특권계층에 국한된 일이었다. 이 물건은 비쌌고 희소했으며 스포츠용이었고 수입품이었다. 우리가 흔히 떠올리는 검은색의 투박한 공산당원 자전거가 아니었다. 애초 중국인들은 미국인들만큼 실용적이고 생활적인 측면에서 자전거에 접근하지는 않은 듯했다. 이 패러다임은 수십 년간 지속됐다. 1930년대 중반에 자국 내 생산이 시작되자 가격이 떨어졌다. 1941년 상하이를 점령한 일본인들은 자전거를 타고 순찰을 돌았고 사람들은 자전거로 쌀을 밀수입했으며 생존을 위한 수단으로 자전거를 사용하기 시작했다. 그러나 중국을 명실상부한 자전거의 나라로 전환시킨 것은 1949년의 공산당 정권 수립이었다. 정부는 대대적인 포고령을 내려 자전거를 제조, 구입, 사용하는 데 보조금을 지급하기로 했다. 얼마 지나지 않아 중국은 검은색 자전거를 탄 사람들로 넘실댔다.

중국 공산당 지도부는 자전거를 선택했다. 그들은 국민들이 효율적으로 이동할 수 있는 방식으로 자전거 만한 게 없다고 판단했다. 그러나 미국에서는 돈과 석유가 넘쳐나면서 자전거가 자동차의 뒷전으로 밀려났다.

공무집행용 자전거와 비공무용 자전거

영국인이 아무리 다리가 길어도 자전거를 탄 우리를 따돌리지는 못할 것이다.

츠지 마사노부 대좌, 《싱가포르Singapore》(일본어 판), 1961년(이 책은 1997년에 《일본의 대승과 영국의 참패 Japan's Greatest Victory, Britain's Worst Defeat 》라는 제목으로 출간됐다)

진보적인 중국인들이 자신들의 윗세대를 자전거라는 이념으로 공격하는 동안 다른 아시아 국가들에서는 이 물건을 세속적이고 실리적인 목적 하에 두루 사용하고 있었다. 확실히 이는 당시 발흥하던 일본의 자전거 산업에 기인하고 있었다. 일본 제조업체들은 2차세계대전 발발 전 수십 년 동안 엄청나게 많은 대수의 값싸고 질 좋은 자전거를 이웃 나라에 수출했다.

츠지 마사노부 대좌는 말레이시아 반도 침공계획을 세우기 위해 1941년 이곳을 정찰했다. 그러고 나서 그는 휘하 부대를 자전거에 태워 싱가포르 남쪽을 공략하도록 했다. 훗날 츠지는 침공 전에 2개 사단 병력을 6천여 대의 자전거로 무장했다고 말했다.

다른 자료들에 따르면 일본군은 말레이시아에 도착한 다음 자전거를 징발한 것으로 알려져 있다. 여기 저기 굴러다니는 자전거가 많았기 때문이다.

제로 기(2차세계대전 당시 일본 해군의 함상 전투기- 옮긴이)가 진주만을 쑥밭으로 만든 지 약 80분 후에 일본군은 말레이시아에 상륙했다. 탱크와 중무장 트럭을 앞세운 츠지의 부대는 일제 자전거와 영국인들이 닦아 놓은 농장 도로의 이점을 최대한 누리며 싱가포르를 향해 1천 킬로미터를 전진했다. 이는 우리가 흔히 보는 자선기금 모금 라이딩이 아니었다. 간선도로 위에서 장갑차들끼리 서로 엉켜 오도 가도 못하고 있는 연합군 병력을 포위하기 위해 자전거 부대는 우회도로를 이용해 적진의 후방 깊숙이 치고 들어갔다. 이렇게 발이 묶인 장갑차들은 비행기와 대포의 만만한 먹잇감이 됐다. 차량이 불탔고 연합군은 도보로 후퇴할 수밖에 없었다. 이들은 곧 자전거를 탄 일본군에게 따라 잡혔다. 연합군이 다리를 폭파하자 일본군은 자전거를 타고 강을 건너 계속 추격했다. 츠지는 이렇게 회고한다. "자전거를 탄 보병에게는 교통 혼잡이니 지연이니 하는 게 있을 수 없었다." 그는 자전거 없이 재래식으로 전투를 했다면 싱가포르 점령에 1년 이상이 걸렸을 거라고 주장했다.

길가에 숨어 있던 연합군 병사들은 일본군들이 질서 정연하게 대열을 이루며 마치 소풍이라도 가는 듯이 즐겁게 얘기를 나누며 페달을 밟는 모습을 지켜보았다. 최소한 전투 초기에 그들은 그렇게 들떠 있었다. 그러나 뜨거운 태양 아래에서 안장 밑에 20~30킬로그램이나 나가는 장비를 달고 가면서 수시로 전투를 벌이고, 자전거에서 내려 영국군들을 정글 속까지 추격하다보니 이 자전거 병사들은 기진맥진해지기 시작했다. 싱가포르에 도착할 즈음 그들은 심한 허기와 안장 피로증을 느끼게 됐다. 하지만 엉덩이가 매우 아팠음에도 불구하고 일본군은 난공불락의 요새라던 그곳을 쉽게 함락했다.

영국은 충격을 받았다. 그들로서는 '자전거 전격작전^{blitzkrieg}'(독일군이 1939년 폴란드 침공 당시 쓴 작전으로 탱크를 중심으로 한 기계화 부대를 동원, 신속하게 적의 중심부 깊숙이 쳐들어가 무력화시키는 작전- 옮긴이)은 생각조차 못했던 전술이었다. 수십 년이 지난 뒤에도 영국인들은 그 충격에서 헤어나질 못하고 여전히 당혹스러워했다. 완패도 완패지만 생각지도 못한 전술에 당한 거라 더욱 굴욕스러웠다. 영국인들 자신이 먼 옛날에 발명한, 또 1941년 당시 그들이 보기에는 어린아이 장난감이나 다름없던 이 기계가 자신들을 그토록 무참하게 유린했던 까닭이다. 사실 자전거가 아니었어도 싱가포르 함락은 영국으로서는 한 번도 당해 본 적이 없는 가장 수치스러운 군사적 패배였다. 일본군이 자전거를 동원해서 이런 승리를 거뒀다는 것은 분명 상궤를 벗어난 일이었다. 영국의 대다수 전쟁 역사서는 츠지의 자전거 전술을 언급하지 않고 있다. 그 대신 그들은 일본군이 탱크를 동원한 사실에 대해서만 상술하고 있다.

말레이시아에 주둔해 있던 영국군들도 상당수의 탱크를 보유하고 있었다. 츠지의 말에 따르면 연합군은 탱크와 장갑차의 대수와 대포, 보병 숫자에서 일본군에 2 대 1의 우위를 보이고 있었다. 그렇지만 엉뚱하게도 자전거가 승리의 일등공신이 됐다. 영국군으로 말하자면 총 싸움에 칼을 들고 덤빈 꼴과 다름없게 됐다. 츠지는 자전거의 이점에 관한한 아주 확실하고 단호한 견해를 가지고 있었다. "연합군을 간선도로에서 정글로 밀어낸 데에는 이유가 있다. 그런 다음에 그들의 퇴로를 끊으면 항복밖에는 길이 없었기 때문이다."

츠지가 말레이시아에서 작전계획대로 부대를 자전거에 태워 진군시킨 것 같은 전투는 역사상 그 유례가 드물다. 이는 어떤 점에서는 배런 하사가 꿈꾸었던 자전거-기병대를 떠올리게도 하는데, 츠지의 작전이 전개될 때 무덤 속에 있던 배런 하사가 감동으로 부르르 떨지는 않았을까 상상해본다.

그 누구도 그런 방식으로 자전거 부대가 전격작전을 펼치리라고는 예상치 못했다. 그런데 자전거는 유럽의 전장에서도 나름의 역할을 했다. 영국군 공수부대가 '머나먼 다리'로 잘 알려진 아른헴^{Arnhem}에 공중침투를 할 때 접는 자전거를 지참했었다. 또 노르망디 상륙작전에 참가한 캐나다 부대가 수송선에서 자전거를 꺼내 해변으로 끌어올리는 사진도 있다. 전투의 아수라장에서 자전거가 임기응변적으로 활용된 사례는 더 많다. 독일 병사들은 서부전선에서 퇴각할 때 프랑스 주민들의 자전거를 징발했다.

전장의 후방이나 주변부에서 자전거가 사용된 예도 많다. 숱한 전쟁에서 자전거는 명령을 전하고 정찰업무를 수행하는 일에 폭넓게 효과적으로 쓰였다. 그래서 많은 점령군들이 그 사용을 엄격히 통제하거나 심지어 금지해야 할 물품 목록에 자전거를 집어넣으려 했다. 특히 야간 라이딩은 여러 정권들이 매우 의심스러운 행동으로 분류했다. 비밀 파괴공작이든 정찰이든 야간에 하는 것이 더 효과적이었기 때문이다. 자전거를 타면 프랑스 국경지대나 아시아의 정글 속에서 시끄러운 엔진 소리 없이 이동할 수 있었으니 말이다.

2차세계대전의 종전과 해방을 축하하려고 수많은 파리 시민들이 자전거를 타고 개선문으로 향하는 모습을 담은 유명한 사진이 있다. 각각의 자전거 뒤에는 커다란 면허판이 붙어 있고 거기에는 정교하게 번호가 씌어져 있는 것이 보인다. 이는 나치 점령군이 요구한 것이었다. 그보다 몇십 년 전에는 영국인들이 보어

Boer인들(남아프리카 공화국의 네덜란드계 백인-옮긴이)의 자전거 사용을 엄격하게 규제하기도 했다. 그들이 피점령지의 교통안전을 우려해서 그런 것은 결코 아니었다.

 크리티컬 매스^{Critical Mass}

크리티컬 매스^{Critical Mass}라…… 제길 이게 도대체 뭔가? 솔직히 말해서 난 크리티컬 매스가 확실히 뭔지 모른다. 나 아니라 누구라도 모를 것이다. 이건 모호하기 때문에 오히려 사람들의 관심을 끄는 것이다. 이 악명 높은 '떼 자전거질'에 참여하는 사람들은 북미 전체의 주요 도시에서 한 달에 한 번씩 일을 벌인다. 그들은 자신들이 이런 행위를 하는 여러 가지 이유를 제시하는데 그 대부분이 사회적인 이유들이다. 많은 젊은이들이 몸에 착 달라붙는 바지를 입고 자전거를 타고 여기저기를 돌아다닌다. 다소 격렬한 행동주의자들도 여기에 참여한다. 그들에게 크리티컬 매스는 자동차 문화에 대항하는 자전거 라이딩 시위를 의미한다. 이 운동의 공식 웹사이트는 이렇게 말하고 있다. "크리티컬 매스의 목표는 사람들로 하여금 자전거 라이더들도 도로 사용자임을 인식하도록 하는 데 있다." 이 운동의 활동가들 중 일부는 좀 더 공격적으로 이런 메시지를 전달하려 한다. 이들의 시위가 벌어지는 동안 곳곳에서 보수적이고 완고한 자동차 운전자들과 시비가 벌어진다. 그런데 가만히 들여다보면 어떤 이들은 바로 이 시비 자체를 일으키기 위해 참여하고 있는 듯도 싶다. 크리티컬 매스는 자전거 타기 지지 운동으로서든 사회적인 항의로서든, 뭔가 방향을 잘못 잡고 있는 것으로 보인다. 그런 방식이 역효과를 내기 때문이냐고 누군가가 묻는다면 나는 그런 뜻은 아니라고 할 거다. 그러나 자전거 타기가 제공하는 저 대단한 자유를 잘 인식하고, 또 즐기고 있는 사람으로서 나는 매서^{Masser}(크리티컬 매스 운동 참여자-옮긴이)들의 진정성은 인정하나 그들이 뭔가 제대로 짚지 못하고 있다고 말할 수밖에 없다. 어쩌면 그들의 행동 전제에 근본적인 결함이 있는지도 모르겠다. 물론 (자전거 타기에 관한 한) 크리티컬 매스가 다는 아니다. 또 몇몇 도시의 관료들이 생각하는 것처럼 그게 공공의 안녕을 위협하는 것이라고 보지도 않는다.

나도 한때 크리티컬 매스의 분명한 일원이었다. 완전히 우연하게 끼어든 것이지만 말이다. 민주당 전당대회가 있던 주간의 어느 저녁 도심에서 집으로 오려고 하는데, 거리가 시위 진압 경찰들로 철저하게 봉쇄되어 있었고 길목마다 차단용 바리케이드와 교통 체증으로 옴짝하기 어려운 지경이었다. 크리티컬 매스 시위 행렬의 뒤에 따라 붙으면 그 난장판을 빠져나갈 수 있겠거니 라고

나는 생각했다. 우습게도 순찰차와 모터사이클과 자전거를 탄 다수의 경찰들이 호위 아닌 호위를 하고 있는 형국이었고 체포된 시위대를 태울 차량이 뒤따르고 있었다. 경찰은 헬리콥터까지 동원한 듯했다. 예전에 딕 체니의 호위 차량 행렬을 본 적이 있는데, 그때도 이토록 많은 경찰들이 설치지는 않았다는 기억이 났다.

400미터 정도의 구간을 그저 시위대에 끼어 가는 수밖에는 도리가 없었다. 나는 그냥 대열에서 빠져나와 집으로 가고 싶었다. 그러나 이전에 덴버나 여타 미국 도시에서 크리티컬 매스 시위 도중에 일어난 일들을 들어 알고 있는지라 그럴 수도 없었다. 뭔가 낌새가 이상한 움직임을 보이면 경찰들이 득달같이 달려들어 나를 덮친 다음 자전거를 몰수할 것이었기 때문이다. 어떤 고초가 닥칠지 알 수 없는 일이었다. 내 친구 하나가 시위대 후미에서 나와 같은 처지에 놓여 있음을 보았다. 얼마나 많은 사람들이 재수 없게 이 대열과 엉켜버린 것인지 알 수 없었다. 시위대 내부의 분위기는 좋았다. 심지어는 경찰들(일부는 신형 가와사키 오프 로드용 모터사이클을 타고 있었다)도 그리 기분이 나빠 보이지는 않았다. 나를 제외하고는 가는 길이 막혀 애먹는 사람도 그다지 많지 않아 보였다. 어떤 사람들은 인도를 걸어가며 웃음을 띤 채 약 100여 명의 강성 시위대에 응원을 보내기도 했다. 나는 틈을 보다가 대열에서 빠져 나와 집으로 갔다. 너무 피곤하고 배가 고

파서였다.

한편, 크리티컬 매스 운동이 본질적으로 선의의 항의임을 생각한다면, 이 시위에 대해 뉴욕 시 경찰이 보인 격한 반응은 도저히 이해하기 어렵다. 다른 도시에 비해 맨해튼에서의 크리티컬 매스 참가 라이더들 수가 많았다고는 하나 고작 수천 명에 불과한 평화시위대를 감시, 규제, 진압한 방식의 강경함이란 경찰이 뭔가 딴 마음을 먹지 않고서는 그럴 수 없다는 생각이 들 정도였다. 양측 간의 긴장은 2004년 공화당 전당 대회를 앞두고 유례없는 대규모의 크리티컬 매스 시위가 일어나면서 최고조에 달했다. 250명이 넘는 라이더들이 체포 연행됐다. 허가 받지 않고 행진을 벌였다는 이유였다. 뉴욕 시는 아직까지도 이 대규모 체포의 후속 재판절차를 진행하고 있다. 크리티컬 매스와 시 당국 간의 기이한 전쟁은 계속 되고 있는 중이다.

비교적 신참 라이더들이 이 크리티컬 매스 시위나 단체 투어 라이딩, 클럽 라이딩에 참여하는 경우가 많다. 이는 자연스러운 현상이고 어느 정도는 유용한 면도 있다. 신입 라이더에게 심리적인 안정감을 주고 이런 저런 자전거 관련 현장 지식을 쉽게 전수해줄 수도 있기 때문이다. 그러나 근본적으로 라이더는 집단으로 움직여서는 자유의 최고점에 도달할 수 없다. 자유는 고독한 퓨마의 것이지 겁 많은 사슴 떼의 것이 아니다.

자전거 폭탄 테러

우리 자전거는 여러 목적으로 사용된다. 누구도 자전거 타는 사람을 통제할 수는 없다.

셔우드 로스^{Sherwood Ross}, 로스 자전거 회사의 전 소유주. 2008년 육군 신병 모집소가 폭탄 테러를 받은 후 근처의 쓰레기 장에서 로스 자전거가 발견됐다.

이상한, 어쩌면 뿌리 깊이 왜곡된 시선일 수도 있고 아니면 그냥 역사 속에서 그렇게 된 것인지도 모르겠지만 금세기 미국의 여러 보안기관들, 국토보안국^{Homeland Security}에서 왜컨헛^{Wackenhut}(미국의 민영 보안기관 –옮긴이)에 이르는 보안기관들이 자전거에 보내는 의심의 눈길은 예나 지금이나 똑같다. 그들은 이 흥미진진한 시대에도 자전거가 법질서에 별난 방식으로 도전하고 있다고 생각한다. 아마도 크리티컬 매스 시위 및 관련 사건들로 인해 그들의 심리가 이런 식으로 굳어진 듯하다. 자전거 타기를 의심스럽고, 잠재적인 범죄 행위로 보는 관점에 대해서 어떤 이성적인 재고도 하려 하지 않는다.[1]

뉴욕 경찰은 2008년에 접어들면서 과잉 대응할 자세를 잡고 있었다. 그해 초, 어느 날 새벽 4시에 한 라이더가 타임스 스퀘어

---

[1] 많은 도시들이 뉴욕 경찰의 관점을 그대로 받아들이고 있다. 예를 들자면, 2008년 8월 민주당 전당대회에 앞서 정신 못 차리던 덴버 경찰은 5만명 정도가 두건을 두르고 들이닥쳐 유리창을 부수는 등의 무정부주의적인 행동을 할 것이라는 잘못된 예측을 했다. 그들은 "일급 비상 대응 태세"를 발령해서 공공 안전을 담당하는 전 직종의 요원들로 하여금 이들 '폭력적'인 시위대가 쓸 가능성 있는 모든 물품들의 흐름을 철저히 감시할 것을 주문했다. 이 물품 목록에는 방독면, 마름쇠(차량의 바퀴를 터뜨리기 위해 도로에 깔아놓는 대못 류–옮긴이), 못이 삐져나와 있는 막대기 등과 함께 자전거가 들어있었다. 오늘날과 같은 시대에도 보안 관료들의 이상야릇한 판타지 세계에선 자전거와 폭력적 무정부주의가 동격으로 보이는 모양이다.

에 있는 육군 신병 모집소에 사제 폭발물을 설치해서 문짝과 창문을 날리는 장면이 감시 카메라에 잡혔다. 이로 인해 자전거는 더욱 곤란한 처지로 몰리게 됐다. 이 사건은 몇년 전 새벽에 발생한 뉴욕 시의 멕시코, 영국 영사관 테러와 유사한 점이 있었다. 이들 사건에서 공통으로 테러범은 자전거를 타고 가서 사제 폭발물을 집어 던졌다. 사건을 보도하는 언론의 대대적인 관심이 범인이 탔던 자전거에 쏠렸다. 《뉴욕포스트》지가 이 범인들을 '자전거 폭탄 테러범'이라고 명명했음은 당연했다. 폭탄, 자전거, 후드 달린 셔츠- 이 모든 것들이 두려움의 대상이 됐다. 《뉴욕타임즈》의 어떤 기사에서는 범죄 프로파일러인 레이 피어스$^{Ray\ Pierce}$의 말을 인용해서, 폭탄 테러범이 자전거를 타고 있었기 때문에 '편하게' 보여졌을 것이고 그래서 아마도 사람들은 그를 메신저(개인 배달원)로 생각했을 것이라고 말하고 있다. 이 기사를 읽었다면 전 세계의 메신저들은 이 신문에 대고 이렇게 내뱉었을 것이다, "이봐, 작작 좀 해, 바보 같으니라고."

놀랍게도 이 기사에서는 자전거 테러범이 헬멧을 썼는지 안 썼는지에 대한 언급은 없었다.[2]

---

2 뉴욕에서 이 자전거 폭탄 테러가 발생한 이후에 이라크와 아프가니스탄에서 자전거를 타고 목표물에 돌진한 자살 폭탄 테러에 관한 기사가 몇 건 나왔다. 시간이 흐르면서 우리는 자전거를 타고 극악한 범죄를 저지르는 각종의 광신자들과 무뇌아 같은 범죄지들의 얘기를 어쩔 수 없이 접하게 된다. 위험한 인간들은 매일 매일 더 늘어나고 있으며 기동성과 은밀성을 갖춘 자전거는 스포츠나 출퇴근용 외에도 여러 목적으로 쓰이고 있다.

유용성 | 113

6
외부자들

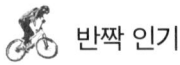 ## 반짝 인기

1960년대 후반과 1970년대 초중반, 자전거 타기에 대한 관심이 마치 꺼지기 직전의 캠프파이어 불꽃처럼 반짝 살아난 적이 있었다. 왜 그랬는지, 왜 하필이면 그때였는지 정확히 아는 사람은 없지만, 이 책을 쓰는 사람으로서 편한 점이 있다면 자전거의 부활 시기와 1973년 에너지 위기 시기가 딱 맞아 떨어진다는 것이다. 그러니 에너지 위기가 발생해서 사람들이 다시 자전거를 타기 시작했다고 말하면 쉽다. 그렇지만 미안하게도, 1973년 8월 아랍-이스라엘 전쟁이 발발하고 아랍권 국가들이 석유 담합을 해서 그 결과로 유가가 폭등할 당시엔 자전거 르네상스가 이미 일어난 상태였다. 아랍의 석유 담합이 유가 상승을 불러오고 그 결과 자전거 붐을 촉진하고, 그 후 1-2년간 그 상태를 유지했을 거라는 생각이 일반적이지만 그렇지 않다. 자전거 판매에 영향을 준 것으로 짐작되는 석유 사태 이전에 이미 에너지 문제는 불거졌다. 에너지 가격이 오른 것은 미국 내 공산품 생산이 최고점에 달한 상황에서 중동 국가들의 석유 국유화 조치가 나오면서 에너지 공급 시장이 어려워졌기 때문이다.

1973년은 성인용 자전거가 역대 최대로 많이 팔린 해였다. 비록 이 기록은 최근의 추세로 인해 위협을 받고 있거나 이미 깨졌을지도 모르지만 말이다. 그렇지만 1970년대의 자전거 붐은 1890년대의 붐처럼 수그러들었다. 수요가 계속 늘어날 것이라는 희망 섞인 전망은 현실로 이어지지 않았다. 1890년대에 그랬던 것처럼 1970년대의 붐도 자동차 타이어 아래에 깔려버렸고, 미약한 깜부기불조차 남지 않았다.

 스타일의 방향이 바뀌다

1973년에는 라이크라^{Lycra}(미국의 듀퐁사가 만든 고탄성 우레탄 섬유로 인장강도, 굴곡성, 내마모성, 내열성이 우수하다. 수영복을 위시한 스포츠 의류, 산업용, 군용으로 많이 쓰임-옮긴이)가 그다지 많이 사용되지 않았다. 이때만 해도 울^{wool}의 시대였다. 그렇지만 몸에 달라붙는 검은색 반바지는 이미 시장에 나와 있던 상태였다. 이 옷이야말로 미국인들에게는 자전거 타기의 상징처럼 여겨지던 것이었다.[1] 검은 반바지, 그리고 검고 작은 모자, 많은 이들이 챙을 위로 젖히고 썼던 꽤나 우스운 모양새였다.

1970년대 미국에서 그런 복장을 하고 다닌 라이더는 보통 사람

---
[1] 선수들은 경륜 초기부터 몸에 달라붙는 긴 바지를 착용했다. 선수가 아닌 경우엔 검은 반바지를 입었는데 이 유래는 19세기 프랑스까지 거슬러 올라간다. 1893년 9월 《뉴욕타임즈》는 맨해튼 자전거 클럽의 회장인 리처드 벳츠와 아이작 포터가 파리에 갔다고 보도하고 있다. 벳츠는 "여기서는 사람들이 무릎에서 발목까지 훤히 드러내 놓고 도심 거리에서 자전거를 타는데, 그걸 쳐다보는 사람도 없다. 사람들은 그러고 다니는 게 시원해서 좋다고 한다. 여성들은 모두 블루머^{bloomer}(짧은 치마 아래에 발목에 잔주름을 잡은 바지를 붙인 여성복-옮긴이) 바지를 입고 다닌다."

외부자들 | 117

들과 사귀기가 힘들었을 거다. 그때는 헬멧이 널리 보급되기 전의 일이었다. 그러다가 어느 시점에서 몇몇 사람들이 안을 덧댄 가죽 조각으로 만든 초보적인 형태의 헬멧을 쓰기 시작했다. '머리 망사 헬멧hairnets'이 그것이다. 이때부터 사람들은 (헬멧이 없었으면 나타나지도 않았을) 헬멧 건망증을 앓게 됐다. 그리고 저지jersey(몸에 달라붙는 운동복-옮긴이)도 이때부터 타이트하고 색깔이 화려해지기는 했으나 요즘의 저지처럼 요란하고 지나치게 밝은 색조는 아니었다. 신발은 확실히 유럽산이었다. 이걸 알프레도 빈다Alfredo Binda 스트랩으로 페달에 고정시켰다. 빈다가 최고였다. 왜 그런지 아는가? 늘어나지 않았기 때문이다. 그래서 버클을 풀지 않으면 발을 뺄 수가 없었다. 요즘도 그렇지만 수많은 라이더들이 이로 인해 사람들 앞에서 맥없이 자전거와 함께 나동그라졌다.

1970년대 미국 자전거 광들의 '사서 하는 고생'은 《브레이킹 어웨이Breaking Away, 1979》라는 영화에서 데이브 스톨러Dave Stohler(데니스 크리스토퍼Dennis Christopher 분)라는 주인공이 잘 보여주고 있다. 《브레이킹 어웨이》는 지난 4-50년 동안 제작된 영화 중에서, 보면 기분이 좋아지는 아주 잘 만든 소품 영화 중의 하나이다. 그래서 이 멋진 작품을 한번 빌려보든지 아님 케이블 TV에서 방영한다면 반드시 볼 것을 권하는 바다. 거기에서 데이브의 엄마 역을 맡은 바바라 배리Barbara Barrie의 연기는 정말 대단하다. 각설하고, 영화에서 자전거 라이딩에 대한 데이브 스톨러의 애정은 각별하다. 그러나 그것만이 그가 자전거에 끌리는 유일한 요인은 아니었다. 그는 인디애나 블루밍턴의 억압적인 주류 사회에서 도피하는 수단으로 자전거를 이용하는 다소 특이한 녀석이다. 데이브는 자신이 마치 이태리 자전거 선수인 것처럼 생활한다. 이는 그의 아버지가 상상할 수 있는 한 가장 비^{非}미국적인 모습이다. (어떤 장면에선가, 데이브가 제대로 드래프팅을 하지 않은 상태에서 시속 95킬로미터의 속도로 달리는 모습이 나온다. 이거야 말로 미국적이지 않을 뿐더러 불가능한 일이다.[2]) 스톨러에게서 우리는 1970, 80년대의 숱한 미국 라이더들을 떠올리게 된다. 자전거를 사랑하지만 주류 사회에서는 발을 빼고 있는 그들을.

당연지사, 영화는 데이브가 큰 시합에서 우승하는 것으로 끝이 난다. 그럼으로써 수년 동안 그토록 이상한 복장과 행동을 한 것이 의미 있는 것이었음을 보여준다. 만일 이기지 못했다면 친구

---

2 자전거 체인링(페달 크랭크가 부착되어 체인을 걸어 돌릴 수 있게 하는 자전거 중앙 하단의 원형 톱니바퀴. 도로용 사이클은 50개 혹은 52개, 산악용 자전거는 44개 정도의 톱니가 있음- 옮긴이)이 우스꽝스러울 정도로 크고, 톱니의 수가 약 75개 정도가 되어야 하며, 그것도 빠른 속도로 앞에서 달리는 큰 차량 뒤에서 바람을 피하며 달려야 가능한 속도이다. 100여 년 전에 머피^{Murphy}는 기차 뒤를 따라가며 이런 식으로 달렸다. 그래서 '1분에 1마일'이라는 별명을 얻었다. 그러다 결국 기차의 뒤를 들이받았지만 말이다. 어쨌든 이 것은 스톨러의 마지^{Masi}(이태리 원산의 자전거 브랜드-옮긴이) 자전거에 부착된 것보다 훨씬 큰 것이며, 더구나 영화 속에서 그가 트럭 뒤를 쫓으며 기록을 세울 때 탔던 자전거의 2단 체인링 보다는 엄청나게 더 커야 하는 크기이다. 이처럼 자전거를 주제로 한 영화에서도 감독은 아무 생각 없이 사실이 아닌 것들을 관객들에게 보여준다. 이와 유사한 잘못된 사례를 더 들자면, 영화 《퀵실버^{Quicksilver}, 1986》에선 기어 변속 시 스프라켓(뒷 바퀴에 붙어 있는 여러 장의 원형 톱니바퀴로 변속을 위해 기어를 바꿀 때마다 체인이 이동 한다- 옮긴이)에서 체인이 이동하는 방향이 엉터리이다. 게다가 주인공 역을 맡은 케빈 베이컨은 마치 고정 기어(다단 변속 기어가 아닌 일단 기어로 스프라켓 하나만 있는 형태, 트랙용 자전거에 주로 쓰임- 옮긴이) 자전거를 타는 것처럼 라이딩을 하고 있다. 하지만 '1분에 1마일' 머피의 이야기는 틀림없는 사실이다. 그는 나중에 뉴욕 시의 오토바이 경찰이 됐는데 근무 중 충돌사고로 무릎이 깨졌다.

들과 식구들이 우르르 몰려들어 그의 목을 조른 다음 이 앙상한 라이더의 시체를 채석장에 암매장 해버리지 않았을까.

의식했건 아니건, 데이브 스톨러나 실제 70년대의 미국 자전거 경주 선수들은 유럽 자전거 시합의 요소들을 그대로 차용해서 썼다. 그런데 당시 미국인으로서 유럽 스타일을 받아들인다는 것은 그 자체로 경고를 받을 만한 일이었다. 더 이상 보고 자시고 할 것도 없었다. 스타일이 흘러가는 공식은 '미국에서 유럽으로'가 되어야 맞았다. 대서양을 건너 동쪽으로. 리듬 앤 블루스, 재즈, 힙합, 리바이스 청바지 등등. 유럽인들과 영국인들은 이런 다양하고 보물 같은 스타일 요소들에 천착하고 연구해서 롤링 스톤즈 같은 앨범^{Album} 위주의 록 밴드 형태로 우리에게 되돌려 주었다.《중심가의 추방자$^{Exile\ on\ Main\ Street}$》같은 앨범은 시카고 식 핫도그보다 더 미국적이다.

롤링스톤즈의 키스 리처즈$^{Keith\ Richards}$는 우주의 고결한 리듬을 전파하고 있었건만, 1970년대 초반 미국의 라이더들은 자연스러운 질서를 뒤엎고 유럽 자체가 아닌 유럽적인 문화라고 생각되는 것 중에서도 가장 모호하고 생경하기까지 한 양식들을 받아들이기 시작했다. 그 결과, 상징적이라고 할 수 있는 복장을 한 자전거 라이더들과 일반인들 사이에 깊은 심연이 패이게 됐다. 라이더 본인들은 그런 복장을 마음에 들어 했지만, 70년대 미국 사회에서 그들은 별종으로 취급받았다. 그러나 어쨌든 자전거를 타기 위해서는 특별한 복장이 필요하다는 생각이 확실히 뿌리를 내렸다.

자전거 통근자들과 취미형 라이더들이 늘어나는 동안에도, 자전거는 '빨리 가게 하는' 운동 기구에 불과할 뿐이라는 미국인들의 뼛속 깊은 편견은 여전히 유효했다. 이 시기에는 성인으로서 자전거를 타려면 경륜 선수처럼 입어야 하고, 또 자신이 선수라도 된 양 환상을 품어야 한다는 생각이 정착된 때이기도 했다. 실로 그랬다.

 자전거 복장

광대의 옷을 입지 말라. 우스꽝스럽다는 소리가 절로 나오니까.

'자전거 인들이 하지 말아야 할 것들' 《볼더 데일리 카메라》, 1895

유명한 여성해방 운동가이며 기독교여성절주동맹Women's Christian Temperance Union 회장인 프랜시스 윌라드Frances Willard는 자전거 타는 법을 배울 마음을 먹자마자 자전거 한 대를 구해서 글래디스라는 이름까지 붙였다. 그런데 그녀에게는 자전거 자체보다는 자전거를 타는 일이 큰 행사가 됐다.

두말할 필요도 없는 것이, 그녀는 《바퀴 안의 바퀴Wheel within a

외부자들 | 121

Wheel》(1895)라는 자신의 경험을 담은 소책자에서 이렇게 말하고 있다. "자전거 복장은 필수적이라는 사실이다."

그때까지 윌라드는 블루머를 입지 않고 있었다. 그녀의 의상을 볼라치면, '치마와 트위드 천 블라우스, 벨트, 구부러진 깃에 느슨하게 맨 타이로 구성됐으며 치맛단은 땅에서 3인치밖에 떨어져 있지 않았고 둥근 밀짚모자를 쓰고 각반을 댄 신발을 신고 있었다.' 사진 속의 그녀는 험버^{Humber} 제품의 여성용 안전자전거로 보이는 자전거 위에 불안정하게 앉아 있는데 어찌 보면 나이 든 메리 포핀스 같이 보이기도 한다.

현대의 라이더인 우리도 기이한 사극의 소품 같은 복장을 하고 있는 마당에 윌라드 여사를 지나치게 놀릴 수는 없다. 가끔은 자전거라는 것을 발명한 계기가, 몇몇 멋쟁이들이 입고는 싶지만 공공연하게 입기에는 무리인 옷을 소화하기 위한 구실은 아니었을까 하는 생각도 하게 된다. 아주 초기부터 자전거 타기는 괴상한 복장과 떼려야 뗄 수 없는 관계를 맺었다. 어쩌면 이는 자전거 용품 역사에서 마케팅의 위력을 보여주는 분명한 증거가 될 수도 있다. 1970년대로 돌아가 보면, 이런 산업이 만들어낸 배타성을 완화시킬 기회가 있었다. 덜 유별나고 덜 괴상하며 대중들에게 거리감을 덜 불러일으킬 수 있는 복장이 등장할 기회가 분명히 있었다. 그러나 그건 현실화되지 않았고, 우리가 실제로 택한 방향은 아주 엉뚱한 쪽이었다. 섬유 기술의 덕택에 자전거 인들의 복장은 더 번쩍거리게 됐고, 거기에 더해 마케팅 쪽에서는 곤충의 대가리 같은 자전거 헬멧을 내 놓았다. 라이더들의 옷은 '보통 의상'에서 더욱 멀어지게 됐다.

자전거 의상은 그걸 입는 사람들 사이에서는 상당히 신경 쓰이는 물건이다. 그 옷을 입고 다니는 사람들 중 다수는 자신이 좀 이상해 보인다는 것도 잘 알고 있다. 또한 자신들의 특별한 복장이 사회 내 어떤 부류들에게는 쑥덕거림의 대상이 된다는 것도 알고 있다. 그러나 그들은 그걸 무시한다. 실제적으로 편하다는 장점이 부정적 측면을 압도하기 때문에 그들은 자전거 복장을 입는다.

그런데 실제적인 용도와는 전혀 상관없이 이 옷을 입는 라이더들도 있다. 그들은 '진정한' 자전거 복장을 해야 자신들이 '진정한' 자전거 인처럼 보이고, 또 그렇게 느낄 수 있다고 생각하기 때문이다. 별로 할 필요도 없는 다리 털 면도(프로 선수들은 부상을 입었을 때 응급치료를 용이하게 하기 위해 다리털을 깎기도 한다-옮긴이)를 하는 것도 이런 이유에서다. 번쩍거리고 색채 화려한 복장의 시선 집중 효과에만 정신을 쏟는 사람들도 많다. 많은 라이더들이 자신들의 공력 부족을 값비싼 장비로 커버하려고 한다. 물론 어떤 라이더라도 이 사실을 고분고분 시인하지는 않을 것이다. 하지만 온갖 종류의 문화적, 정서적 동인들이 마치 등 뒤에서 부는 바람처럼 자전거용 복장의 확산을 부추기고 있다.

　자전거용 복장의 실제적인 쓸모는 결코 작지 않다. 먼저 가장 중요한 짧은 바지를 보자. 몸에 착 달라붙는 이 옷은 이제는 신축성이 좋고 반짝이는 인공 소재로 만든다. 색상은 검은 색이 주종을 이룬다. 고마운 것이 밝은 색의 바지는 자칫 혐오감을 줄 수도 있으니 말이다. 이런 바지는 대부분 사타구니 안쪽에 부드럽고 두터운 천을 덧대 재봉한 것들이다. 타이트한 옷은 공기역학적인 효율성이 일반 작업복 반바지보다 훨씬 좋다(공기저항은 라이더에게 놀라울 정도로 중대한 고려 요인이 된다). 게다가 살이 쓸리는 것도 막아준다. 이 바지는 편하게 입으라고 고안된 것이지만 한편으로는 여러 가지로 몸을 죄는 측면도 있어서 어떤 남성들은 매우 불편해하기도 한다. 저지 또한 공기역학적인 의상이다. 피부를 건조하게 유지할 수 있도록 설계된 직물을 쓴다. 지퍼와 주머니가 달린 위치는 100년을 이어온 자전거 복장 진화의 최종 결과다. 특별한 모자와 신발과 양말도 있다. 교통이 복잡한 곳에선 밝은 색이 더 유용할 때도 있다. 그러나 이러한 것들 가운데 그 어떤 것도 일상적인 보통의 라이딩에선 그리 필요치 않다. 게다가 민망한 모양으로 카페에 들어가 다른 손님을 불쾌하게 만드는 일을 감수하면서까지 입어야 할 만큼 중요한 의상도 아니다.

 124 | 우리가 자전거를 타야 하는 이유

어떤 이들은 자전거 복장을 걸치지 않고서는 결코 라이딩을 하지 않는다고 말한다. 요컨대 이 옷들이 너무 편하고, 중요하고, 대단히 실용적인지라 필수 불가결한 장비라는 것이다. 이런 주장을 하는 사람들 중 많은 수가 그들 말대로 평상복 차림의 라이딩은 아예 시도조차 하지 않는다. 이런 사람들은 프랜시스 윌라드가 그랬듯이 자전거를 살 때 옷도 같이 산다. 그들은 특별한 복장을 구입하는 일이 자전거 장만에 필수적인 과정이라고 생각한다. 그런데 이런 생각은 마치 어디서 얻어 걸렸는지도 모르는 독감처럼 근거 없는 것이다. 매일 매일의 업무를 수행하러 갈 때 그런 반짝이 슈퍼맨 복장을 입는 사람들이 얼마나 될까? 자전거용 의상이 따로 필요하다는 잘못된 가정이야말로 자전거가 일상 생활에서 친근하고 유용한 운송수단으로 널리 보급되는 데 가장 끈질기게 방해를 놓는 장애물이다.

7

바퀴의 도전

윌라드 비틀거리다

처음에는 푸들 강아지 하나만 보이는 것 같아도 놀라 넘어질 것이다. 그러나 상당한 경험을 쌓고 나면 네 마리 말이 끄는 마차가 나타나도 침착하게 탈 수 있다.

프랜시스 윌라드, 1895

프랜시스 윌라드에게 이상적인 자전거 복장이란 팔꿈치와 무릎에 구식 보호 패드가 들어 있는 정도였다.

윌라드는 앨버트 포프의 친구였다. 그녀가 두 바퀴로 된 탈 것의 타는 법을 배우기 전 언젠가, 포프는 자기 회사에서 만든 컬럼비아 삼륜 자전거를 선물했다. 이건 하이램 맥심이 거의 세계 최초의 동력차량 프레임용으로 제작을 의뢰했던 것과 크게 다르지 않았다. 이 자전거를 타고 나간 맨 처음의 라이딩에서 윌라드는 신이 나서 격렬하게 페달을 돌리다가 그만 넘어져 나뒹굴었다. 그녀는 땅에 뒹굴면서 팔꿈치를 세게 부딪쳤다. 부상은 꽤나 심각해서 가벼운 수술이 필요할 정도였다. 그럼에도 불구하고 이 경험은 그녀에게 결코 잊을 수 없는 것이 됐다.

"자전거는 나를 신세계로 밀어 넣었다. 그것은 상상 외로 위대하고, 달콤하며 신을 닮아 있는 세계였으며 내게 전혀 해가 되지 않는 곳이었다."[2] 기독교여성절주동맹의 회장이자 술과 맞서 성전을 벌인 십자군이었던 프랜시스 윌라드가 자전거에 취해 버린 격이었다.

 128 | 우리가 자전거를 타야 하는 이유

나중에 두 바퀴 자전거인 '글래디스' 타는 법을 배울 때에도 그녀는 낙상을 해서 무릎이 깨졌다. 자전거란 기계가 가진 어쩔 수 없는 무정한 속성을 이 사건은 생생히 보여주었다. 모든 게 순조롭게 잘 될 때의 비상하는 느낌이, 어려움에 봉착하면 한 순간 가혹한 추락의 느낌으로 화하는 것과 다를 바 없었다. 자전거 타기를 진실로 사랑하는 사람들이라 할지라도 이런 일을 좋아할 리는 없지만, 그들은 이것이 일종의 대가임을 부정하지는 않는다. 별다른 방법이 없다는 것을 잘 알기 때문이다. 말하자면, 자유는 공짜가 아니라는 얘기이다. 특히 불안정하고 뻣뻣한 초보 라이더의 경우에 더 빈번하게 넘어지고 더 크게 상처를 입는다. 자전거 타기는 신체적인 조정 능력과 물 흐르는 듯한 동작, 자동차 운전에 필요한 것보다 훨씬 더 빠른 반사신경을 요구한다. 그러니 삼류 자전거를 뒤집으려면 얼마나 더 특별한 기술이 필요했겠는가?

윌라드는 운동신경은 둔한 편이었지만 정신력은 강했다. 팔꿈치가 으스러져 수술을 받고, 무릎이 깨졌어도 두 바퀴 자전거 타는 법을 배우고픈 열망은 식지 않았다. 그녀는 끈질기게 도전했다. 그 결과로 주어질 보상이 앞서의 모든 고통스러운 경험을 잊게 해줄 것임을 잘 알았기 때문이다. 그리고 마침내, 그녀는 더 이상 비틀거리지 않게 됐다.

자전거를 타기 위해서는 어떤 최소한의 기술과 정신력이 필요하다. 기술이 아직 몸에 붙지 않은 사람이라면, 윌라드가 처음 시작할 때처럼 그것을 보완하기 위해 다른 방식으로 강해져야 한다. 말하자면 자전거 타기는 하나의 특별한 행위로서 누구나 다 처음부터 쉽게 할 수 있는 것이 아니다. 그건 그냥 이 정도로만 말할 수 있는 행위이다.

 두려움 그 자체

우리가 두려워 해야 할 유일한 것은 두려움 자체이다.

프랭클린 루즈벨트 Franklin Delano Roosevelt, 1933

프랭클린 루즈벨트의 저 발언은 완전히, 그리고 전적으로 틀렸다. 두려움에 관해서라면 모조리 다 틀렸다. 저 유명한 구절은 1933년 취임 연설에서 그가 한 말이다. 온 나라가 경제적 나락으로 빠져 들었던 때였다. 루즈벨트가 말하려고 했던 것은, "여보게들, 혁대 끈만 조이면 어떻게든 빠져나가지 않겠나? 너무 겁먹지 말라구."라는 의미였을 게다. 물론, 기록에 따르면 루즈벨트가 큰 소리 치고 난 뒤로도 10년 동안 전 세계는 지옥 구경을 실컷 했다. 우리가 두려워해서는 안 되었던 대공황의 결과로 일단의 파시스트들이 유럽과 아시아의 많은 부분을 장악했으며, 멀쩡한 사람들을 충동질해서 온 세상을 철권으로 짓누르게 만들었고, 그게 여의치 않게 되자 모든 사람들을 끌고 카미카제 스타일로 거대한 불구덩이 속에 뛰어들어 버렸다. '두려워할 것은 없다'라는 글귀를 생각할 때 내 머릿속에 바로 떠오르는 것은 핵무기를 생산하기 위해 맹렬하게 가동하는 나치 독일의 기계만이 아니다.

두려움 자체라고? 그 말을 해군 전함 인디애나폴리스 호 함상의 수병이나, 전우의 절단된 사지가 널려 있는 검은 모래사장에서 정신없이 뛰어가는 유황도 해변의 병사에게 하면 뭐라고 할까. 게르니카, 드레스덴, 도쿄, 스탈린그라드의 사람들 그리고 6백만 명의 아우슈비츠 유태인들에게도 할 수 있을까. 훗날 사람들은 그게 루즈벨트의 사탕발림이었음을 알게 됐다. 마치 치과의사들이 진료 대기실을 소풍가서 놀고 있는 아이들과 고양이들을 그린 파스텔화로 꾸미는 것처럼 말이다. 그래야 공업용 드릴이 자신들의 입안을 유혈이 낭자하게 만들 거라는 사실을 환자들이 잠시 잊게 될 테니까. 그러나 그건 그리 좋은 방법이 아니다. 나 같으면 차라리 히에로니무스 보쉬$^{\text{Hieronymous Bosch}}$(1450-1516, 네덜란드의 화가로 당시의 신학과 종교를 바탕에 둔 환상적 작품을 남겼다-옮긴이) 풍의 그림이나 고야의 그림 〈자식을 삼키는 사튀누스〉를 대기실 벽에 그려 넣겠다.

자전거 지지자들은 거리에서 라이더들이 충돌할 위험을 대수롭지 않은 것으로 말하는 경향이 있다. 이 같은 태도는 자전거를 타고 싶어 하는 사람들이라면 누구나 차에 치일 위험성이 있음을 알지만 그런 두려움 때문에 자전거 타기를 포기하지는 않을 거라는 생각에서 비롯하는 것이다. 그렇지만 자전거를 안 타는 사람들은 라이더들이 혼잡한 도심을 가로질러 가는 것을 보고 위험하다고 생각한다. 그리고 다소 관료적인 입장, 자전거 타기를 장려하는 공공 프로그램에 반대하는 입장을 가진 사람들 또한 자전거의 위험을 비상식적으로 과장하는 경향이 있다.

누군가가 자전거 타기가 위험하다고 말하면 많은 라이더들은 그게 모종의 공격이거나 다른 속내를 감춘 핑계라고 여기는데 실제로도 대부분 둘 중의 하나인 경우가 맞다. 그러면 라이더들은 통계 자료를 들고 나와 자전거 타기가 상대적으로 안전하다는 것을 보여주려고 한다. 이는 그들 스스로가 이미 꽤나 굳게 믿고 있는 바이다. 하지만 막상 뚜껑을 열고 보면 확인되지 않은 온갖 정보가 난무하는 것 또한 사실이다.

예를 들면, 켄 카이퍼$^{\text{Ken Kifer}}$는 열정적으로 자전거 라이딩의 안전성을 주장하던 사람이다. 그는 방대한 정보량을 자랑하는 관련 웹 사이트를 운용하며 자신이 비합리적인 두려움이라고 일컫던 것들과 싸움을 벌였다. 자기 글을 읽는 독자들을 대상으로 설문조사를 해서 자전거 사용 방식과 부상 발생 빈도에 대한 정보도 모았다. 그 결과 카이퍼는 놀라운 사실을 발견했다. 같은 거리를 이동할 때 자전거를 타는 것이 자동차를 모는 것보다 19배에서 33배나 더 부상 확률이 높았기 때문이다.[1] 그리고, 더욱 끔찍한 비극은 카이퍼 자신이 자전거를 타다 음주 운전자가 모는 차에 치여 숨졌다는 사실이다. 자전거 옹호자들에게는 분한 일이겠지만, 많은 사람들이 '억측'하는 대로 자전거가 상대적으로 위험하다는 지적은 맞다. 그러나 그 위험의 본질에 대해서는 대단히 심각한 오해가 깔려 있는 것 또한 사실이다.

일반적으로 알려진 것과는 달리, 그리고 켄 카이퍼의 경우처럼 비극적인 교통 사고도 있지만 자전거 라이더들의 높은 부상 발생률은 자동차나 부주의한 운전과 큰 관련이 없다. 근본적인 위험은 두 바퀴로 된 탈것을 다루는 행위 자체에 깃들어 있다. 쭉 미끄러지고, 어딘가에 세게 부딪치고, 넘어지는 상황들은 자동차와 무관하게 일어난다. 자전거 타기와 자동차 운전은 근본적으로 다른 행동이어서 라이더들은 자동차 운전자라면 신경 쓸 필요가 없는 수많은 요인들과 씨름을 해야 한다. 특히 갖가지 형태의 도

---

[1] 부상 빈도를 시간당으로 측정하면 자전거가 그래도 조금 나은 편이다. 하지만 자동차에 입는 피해를 따지면 위험도는 부쩍 올라간다. 자신의 추정과 선입견에 반하는 자료를 과감하게 발표한 카이퍼는 칭찬을 받아 마땅하다. 그의 조사는 범위가 매우 작았고 몇 가지 문제를 안고 있었지만 그 결과는 여타 대규모 조사 결과들을 통해 확증됐다. 카이퍼 조사의 응답자들에게서 나타난 사고 발생 평균치는 전미자전거이용자연맹 회원들을 대상으로 한 더 넓은 범위의 조사 결과치에 매우 근접하고 있다. 양쪽 조사 공히 응답자들은 상대적으로 라이딩 경험이 풍부한 라이더들이었다(대략 14년 경력의). 그들은 연간 수천 마일씩 자전거를 타는 사람들이었는데 해마다 꽤나 눈에 띄는 부상을 입는 확률이 10퍼센트나 됐다. 이들의 상해율은 자동차와 연결하면 더 올라갔다. 그럼에도 불구하고 어린이나 초심자들이 입는 부상 빈도보다는 양호했다. 이런 조사가 본질적으로는 비과학적이라 해도, 사고와 부상 통계치만 놓고 보면 어느 정도 과학성을 띠고 있는 것도 사실이다.

로 훼손, 돌 부스러기나 이런 저런 파편들, 노면 불량 등의 방해를 받는데, 대비가 안 된 상태에서는 작은 구덩이에도 넘어지는 경우가 있다. 모퉁이를 너무 급히 돌거나 모래가 깔려 있어도 그대로 미끄러질 수 있다. 물기 있는 철로도 조심해야 할 장애물이다. 언뜻 보기에는 별것 아닌 작은 노면 균열에 앞 바퀴가 끼어버릴 수도 있다. 이런 잡다한 것들이 자전거를 타는 행위에 뒤따르는 특별한 위험들이다. 매년 병원 응급실이나 진료실에 나타나서 자전거 관련 부상 치료를 원하는 100여 만 명의 라이더들 중에 자동차와 충돌로 인해 다친 사람은 고작 15퍼센트밖에 되지 않는다.[2]

똑바로 자세를 잡지 못한 결과 라이더들이 입는 부상은 더욱 심각할 수 있다. 머리를 땅에 부딪친 경우는 종종 치명적인 부상이 되기도 한다. 그렇지만 대부분 자전거 관련 부상은 가벼운 타박상이나 찰과상, 기껏해야 쇄골 골절 정도에 그친다. 심한 부상일수록 자동차 등과 충돌했을 확률이 높다. 라이더들의 부상 양상을 피라미드 형태로 만들어 보면 맨 밑에는 연간 수백만 건에 달하는 가벼운 부상이 자리잡는다. 이런 부상은 충돌에 의한 부상일 가능성이 상대적으로 낮다. 맨 꼭대기에는 정반대의 상황이

---

[2] 이는 자동차와 충돌한 사고로 부상 당한 라이더 숫자에서 추산한 것이다(홀라이서스Halleyesus, 애니스트Annest와 딜리저Dellinger가 쓴 "자동차와 길을 공유하며 부상 입는 라이더들," 인저리 프리벤션Injury Prevention지 2007년 6월 호 202-6페이지 볼 것). 그리고 치료를 원하는 라이더들의 숫자는 미국소비재안전위원회의 국립전자부상감시시스템National Electronic Injury Surveillance System(NEISS)의 자료를 참고한 것으로 여기에선 전국 병원 응급실 망을 대상으로 통계 표본을 추출하고 있다. NEISS는 약 50여만 명의 라이더들이 자전거 관련 사고로 병원 응급실로, 나머지 50여만 명은 의사의 일반 진료실로 온다고 밝히고 있다.

놓인다. 상대적으로 그 수는 적지만 심각한 부상인데 대부분은 충돌에서 비롯된 것이다. 그리고 어떤 라이더가 사망했다면 십중팔구는 자동차에 치였거나 글자 그대로 깔려버린 사고라고 봐야 한다.

라이더들은 라이딩이라는 실제 행동과 결부된 부상과 자동차 충돌 따위로 입는 상해라는 이중의 고초를 겪고 있다. 수만 명의 라이더가 매년 자동차 충돌로 부상을 입고 있지만 그에 상응해서 부상을 당하는 자동차 운전자는 얼마나 될까? 거의 제로이다. 전국적으로 보면 자전거 타는 사람들이 교통사고 사상자들의 2퍼센트 정도를 차지한다. 이 수치는 자전거가 현재 도로를 점유하고 있는 비율을 생각해보면 전혀 높은 게 아니다. 운전자가 에어백 같은 안전 장구를 하고 있다 하더라도 자전거보다 엄청나게 빨리 달리는만큼 그 보호능력도 그만큼 상쇄 감소된다. 따라서 운전자의 상해율 자체는 낮을지 모르지만 치사율은 그렇게 낮지 않다. 또한 비교적 낮은 상해율이라는 것도 라이더 전체 인구와 비교해서 그럴 뿐이다. 이 수치에는 어린아이, 술 취한 라이더, 야간에 검은색 옷을 입고 자전거를 타는 사람 등등이 다 들어 있다. 이런 인구 층의 시간 당 사고율, 치사율은 우리가 표본으로 하고 있는 민첩하고 조심스러운 성인 라이더들의 그것보다 훨씬 더 높다(카이퍼 또한 민첩하고 조심스러운 라이더였음을 상기할 것. 그런 그도 사고를 당할 정도인데 하물며).

자전거 이용자들이 차량 운전자들보다 부상에 더 취약하다는 것은 부인할 수 없는 사실이다. 하지만 그렇다고 해서 교통이 혼잡한 곳에서 자전거 타기를 지레 포기하고 바로 자동차 안으로 들어가는 것도 결코 합리적인 행동은 아니다. 이런 인지 부조화는 오히려 병증의 하나로 봐도 될 듯하다.

 많으면 안전하다?

두려움과 안전은 둘 다 사고 통계라는 깊은 숲 속에 웅크리고 있는 존재와 같다. 커다란 육식성의 어떤 것이 어두운 수풀 속에서 뭔가를 우드득 깨물고 있다면 저기 햇빛 밝은 개간지에도 또 다른 뭔가가 있다. 산들바람에 나부끼는 꽃들이다. 나를 부르는 것 같으니 난 꽃들이 있는 그리로 가봐야겠다.

자전거 관련 통계의 숲에 난 밝은 개간지는 '다수안전이론Safety in Numbers theory'이다. 피터 제이콥슨Peter Jacobsen은 2003년에 사고 통계와 인구수에 관한 연구서를 펴냈다. 그는 캘리포니아 주의 68개 도시 및 다른 나라의 여러 도시들을 대상으로 연구를 했다. 그 결과에 따르면 충돌사고 확률과 이 도시들의 보행자와 라이더 숫자 사이에는 상관관계가 있었다. 제이콥슨의 연구에서 보면 도로에 자전거 통근자 수가 많을수록(그는 자전거 통근 인구센서스 수치를 이용했다) 자전거와 자동차의 충돌 확률은 낮아졌다. 물론 자전거 통근자가 매우 적은 도시에서는 충돌 사고의 수도 적었다. 그러나 라이더 한 명당 충돌사고 발생율이나 1킬로미터 당 충돌사고 발생율을 따지면, 이런 도시가 사람들이 떼를 지어 자전거로 통근하는 데이비스 시 같은 지역에 비해 훨씬 높았다.

이 기분 좋은 상관관계를 설명하기 위해 제이콥슨은 몇 가지의 느슨하고 포괄적인 추정을 하고 있다. 그는 "보행자나 라이더들의 경우 자신들의 숫자가 많다고 더 주의할 것 같지는 않다. 그러니, 이처럼 사고가 나기 쉬운 환경에서는 오히려 자동차 운전자들이 보행자나 라이더들과 충돌사고를 빚지 않으려고 노력한다고 해석할 수밖에 없다. 사람들이 걷고 있거나 자전거를 타는 현장에서는 운전자들이 자신들의 행동을 조절하는 것으로 보인다."고 쓰고 있다. 이 이론에 따르면 운전자들이 자신들보다 '취약한 도로 이용자'들을 더 많이 접할수록 이들을 더 크게 인지한다는 것이다. 따라서 운전을 좀 더 신중히 하게 된다는 것이다.

제이콥슨의 계수적인 분석은 탄탄하지만 거기에서 추출한 이론은 취약한 점도 있다. 그는 라이더나 운전자의 행동이 충돌사고 발생의 큰 변수로 작용함에 주목했고 "보행자나 라이더들의 경우 자신들의 숫자가 많다고 더 주의할 것 같지는 않다."라고 서술하고 있지만 이 가정을 뒷받침할 만한 어떤 근거도 제시하지는 않았다. 하지만 자전거 통근자들의 숫자가 많은 도시일수록 자전거 통근자가 적은 도시들에 비해 질적으로 상이한 자전거 이용자들이 더 많은 것은 사실이다. 부주의한 자전거 사용자들보다 조심스러운 라이더들의 숫자가 많은 이런 곳에서는 사고율 또한 상대적으로 낮다.

제이콥슨은 경찰 자료에서 총 '자동차-자전거 충돌사고'만을 추출했다. 그렇지만 거기에는 16세 미만 아동의 사고가 얼마나 되는지는 밝혀져 있지 않았다. 현재 자전거 사고로 인한 사상자의 15퍼센트가 아이들이다. 이 수치는 한때 훨씬 더 높았다. 15년쯤 전에는 자전거 교통사고 전체 사상자 중 1/3을 어린아이들이 차지했다. 1975년의 경우는 자전거 사고로 인한 사망자의 2/3가 16세 미만 아동이었다. 이는 그때 이후로 자전거를 타는 아이들의 수가 급감했음을 보여준다. 우리가 통시적으로 사고 통계를 훑어보면, 라이더의 수는 느는 반면 사고율은 떨어지는 것을 알 수 있다. 또한 명심해야 할 사실은 그 기간 동안 전체 라이더 중에서 어린 라이더들이 차지하는 비율도 뚝 떨어지고 있다는 점이다. 그러다보니 실제로 라이더 인구 전체 분포도에서 주의력 있고 몸조심 하는 라이더 비율이 높아지게 됐다. 일종의 부전승 효과라고 할까. 그리고 제이콥슨 방식대로 다른 여러 지역들을 비교해본다 해도 자전거 통근자가 많은 곳에서는 사고도 적게 일어남을 보게 될 것이다. 여기서 간과하지 말아야 할 것은 특정 지역의 라이더들이 평균적으로 다른 지역의 일반 라이더들보다 자전거 타는 실력이 좋고, 민첩하고, 경력이 오래됐기 때문에 그럴 수도 있다는 사실이다. 이는 제이콥슨의 추정과 배치된다.

모터사이클 라이더들의 사례는 '다수안전이론'에 불리하게 작용한다. 지난 10여 년 동안에 모터사이클의 인기는 하늘 높이 치솟았고 등록 대수도 2000년에서 2005년 사이에 두 배가 됐다. 같은 기간 등록 대수 대비 치사율은 크게 변동이 없었다. 1996년 이후 1마일당 치사율은 거의 두 배가 됐다. 라이딩 거리가 크게 늘어났기 때문이다.

모터사이클 사고와 치사율 패턴은 우리가 자전거 세계에서 보는 것과는 다소 다르다. 모터사이클 라이더의 사망과 상해 원인으로는 자동차와의 충돌이나 그와 관련된 사고가 가장 많기는 하지만 압도적인 것은 아니다. 반면 자전거 라이더들의 사망 원인은 거의 대부분이 자동차 충돌사고라고 해도 될 정도이다. 보통의 자전거 라이더라면 보통의 모터사이클 라이더에 비해 교통 혼잡 지역에서 사망할 확률이 낮다. 물론 자전거 라이더는 어떤 경우든 일단 사고를 당하면 부상을 크게 입을 가능성은 높다. 그러나 눈에 두드러지지 않는 탈 것을 모는 입장에서 모터사이클 라이더들 또한 자전거 라이더들이 안고 있는 것과 동일한 문제에 봉착해 있다. 둘 다 '취약한 도로 이용자'들로 분류되어야 할 것이다. 둘 다 운전자나 보행자의 시선에서 벗어나기 쉽다는 위험에 직면해 있고 충돌사고 발생 시 자동차 운전자보다 훨씬 더 심각한 부상을 입을 가능성에 무방비로 노출되어 있기 때문이다. 그런데 '다수안전이론'은 모터사이클 라이더들에게는 잘 들어맞지 않는다. 모터사이클을 타는 사람들이 아무리 많이 늘어나도 그들에 대해서 자동차 운전자들은 (자전거 라이더에 대해 그러는 만큼) 주의하지 않는 것 같다.

사람들은 자신들이 보고 싶고 듣고 싶은 정보를 찾기 위해 통계를 찾는 경향이 있다. 자전거 라이더들도 그런 찬란한 금맥을 발견하기 위해 열성을 다해 자료를 뒤졌다. 그러나 그렇게 찾아내도 막상 수치를 보면 별로 위안이 되지 않았다. 그래서 제이콥슨의 '다수안전이론'이 나왔을 때 사람들은 마치 유일하게 남은 최후의 금덩이라도 발견한 양 달려들었다. 이 연구 논문은 2003년 발간된 이래 수십 차례나 다른 이들에게 인용되며 주목받았다. 그 까닭은 이 이론이 이중의 매력을 가지고 있는 듯했기 때문이다. 첫째, 그것은 자전거 옹호론자들이 품고 있는 여러 가지 의문에 대해 간단명료한 답변을 준다는 점이다. 누구나 다 쉬운 대답을 좋아하니까. 둘째는 좀 더 중요한 것일 수 있는데, 이 이론이 자전거 라이더의 안녕에 관한 책임소재를 교묘하게 운전자들에게 전가하고 있다는 사실이다. 제이콥슨의 주장에 따르면, '충돌 가능성을 통제할 수 있는 사람'은 운전자이기 때문이다. 많은 라이더들이 자신의 안전에 대해 스스로 책임을 지지 않으려 하는 듯한데, 제이콥슨의 결론은 바로 이런 사람들에게 큰 위안이 되고 있는 것이다. 그들이 믿고 싶어 하는 것이 바로 그것이니까. 그러나 진실은 그 '통제 행동'이 자전거 라이더들에게도 해당된다는 점이다. 그들의 바람과 관계 없이 이 점은 명백한 상식이다.

 포터의 추종자들

<small>그들은 두려워할 게 아무것도 없다는 것에 대해 아무것도 알지 못한다.</small>

<small>프랜시스 윌라드, 1895</small>

아이작 포터는 자전거를 자동차처럼 법적 규제를 받는 탈것으로 분류하려고 했다. 그는 확실히 19세기적 인간 유형이었다. 그런데 지금도 이런 포터 류의 인간들이 있다. 라이더들 중에 포터와 이념적 지향을 같이하는 영적인 형제, 자손들이 있는데 그들은 본인들을 차량 자전거인$^{\text{Vehicular Cyclists}}$라고 부른다. 그들의 모토

는 "자전거 라이더는 자동차 운전자처럼 행동하고 그렇게 대우 받을 때 가장 좋다."는 것이다.[13] 자동차는 포터의 '자유법'이 나온 이래 꽤나 많은 변화를 겪었다. 그러나 근본 조건은 바뀌지 않았다. 라이더들은 자동차 법의 구속을 받으며 그 안에서 안전을 확보하려고 한다. 그러나 현행 도심 교통체계 안에서 어떤 일은 자전거로 가능하지만 어떤 일은 불가능하다는 점을 무시한다. 이들 차량 자전거인들은, 자동차 법을 존중함으로써 얻는 이익이 운행의 자유를 어느 정도 양보할 만한 가치가 있다고 주장만 한다.

왠지 석연치 않은 이 번지르르한 슬로건을 위시해서 차량 자전거인들이 떠벌이는 말의 상당수는 존 포레스터[John Forester]가 만들어 낸 것이다. 벌 아이브스[Burl Ives](1909-1995, 미국의 영화배우이자 가수-옮긴이)를 닮은 이 인물은 20세기의 '고결하고 정당한' 라이딩을 대표하는 자이다. 아이작 포터 같은 구시대적인 인사를 추종하는 인간들이 있음을 잘 알고 있지만, 포레스터를 이들과 같은 부류로 보거나 '차량 자전거 운동'의 아버지로 부르기는 어렵다. 하지만 그는 1970년대에 '자전거 차량화' 전쟁을 알리는 북을 맨 먼저 친 인물이다. 이 전쟁은 현대적 의미의 자전거 활성화, 그리고 이와 함께 정부가 자전거 라이더만을 위한 분리 시설을 추진하는 것에 반발하는 움직임이었다. 포레스터의 전사들은 근본적으로 도로에 자전거 차로를 설치하는 것을 지향점으로 삼았으며 자전거 라이더는 자동차의 통행을 위해서 '길 가장자리로 밀려나 줘야 한다'는 입장을 견지했다. 반ㅉ 자전거 차로론자들은 포레스터 및 그의 동조자들에 맞서 미국 내 대다수의 자전거 단체들이 들고 일어나도록 부추겼다. 당시 자전거인 단체들 중에서 자전거 타는 사람이 길 가장자리로 밀려나도 좋다는 입장을 대외적으로 인정하는 곳은 단 한군데도 없었다.

아이작 포터의 생각에 공감하면서, 포레스터는 라이더들의 총체적인 권리를 높이고 '특정한' 도로에 대한 접근권을 보장받는 법을 제정하는 데 일익을 담당했다. 개괄하자면, 라이더들은 길을 갈 때 '통행 가능한^{practicable} 도로의 가장 오른쪽을' 타야 한다는 것을 법제화한 것이었다. 즉 고속의 교통상황에서 라이더들은 그것에 방해가 되지 않게 우측으로 옮겨야 함을 의미했다. 그런데 포레스터와 차량화론자들은 미묘한 울림을 주는 단어이자 수상한 법률적 용어인 '통행가능한'이라는 표현이 라이더들에게 유리한 것이라고 규정하고 그쪽으로 분위기를 몰아갔다. 이는 어떤 조건에서는 자전거 라이더들이 '도로의 전 차선을 차지'할 수 있는 특권을 확보한 거나 다름없다는 것이었다.[3] 포레스터 측은 몇몇

---

3 전통적으로, 라이더는 다음과 같은 조건에서 도로의 전 차로를 차지할 수 있었다. 라이더가 판단하기에 자신에게 허용된 차로가 너무 좁아 통과가 불가능할 때, 라이더가 자동차 행렬과 같은 속도로 달릴 수 있을 때, 라이더 입장에서 주행이 불가능할 정도로 도로 파손이나 기타 노면 문제가 심각할 때 등등. 다른 말로 하면, 이는 라이더에게 상당한 재량권이 부여됨을 의미했다. 그런데 이는 한편으로 성문화된 교통법에서 사람들이 가장 잘 모르는, 애매모호한 조항들 중 하나이기도 하다.

자전거 관련 시설들의 열악한 상태에 대해 끊임없이 불만을 제기했고, 이는 이에 대한 개선으로 이어졌다.

포터나 포레스터 같은 사람들이 없었으면 어디에서 자전거를 탈 수 있었겠느냐고 말하는 자도 있다. 그들이 아니었으면 어느 시점에선가 라이더들은 도로 위에서 완전히 추방됐을 거라는 주장도 일리는 있다. 그렇지만 포레스터의 반대자들은 그가 이런 운명으로부터 우리 라이더들을 구했다는 말에 껄껄 웃어버린다. 많은 이들은 포레스터야 말로 라이더의 권리 신장과 자전거의 전반적인 발전을 저해한 세력이라고 주장한다. 그가 없었으면 우리가 더 잘됐을 거라는 얘기다. '방해자^{Obstructionist}'라는 말이 나오는 이유다. 그는 이른바 '미국의 꿈 연합$^{American\ Dream\ Coalition(ADC)}$'이라는 단체와 연계를 맺고 있었는데, 이 단체는 자동차를 바탕으로 도시의 교외 지역이 발전해야 한다는 이념과 목표를 암암리에 내걸고 있었다. 이런 이유로 몇몇 사람들은 포레스터야말로 자동차 관련 업계와 한통속이었으며 자전거 지지 기반을 내부로부터 붕괴하기 위해 파견된 두더쥐였다고 맹비난했다(이 비난의 근거는 확실치 않다. 물론 ADC 지지자들 명부에 그가 들어 있고 그들의 웹사이트 www.americandreamcoalition.org에도 그의 사진이 올라 있기는 하지만).

포레스터는 장장 40년간 자신의 전쟁을 치렀다. 이 과정에서 그는 꽤 많은 적들을 만들어 냈고 그들 중 일부는 긴 시간 동안 그와 끈질긴 논쟁을 벌였다. 그의 가장 신랄한 반대자들 또한 자전거 옹호자들이었다. 포레스터는 1970년대 전미자전거인연맹^{LAW}의 회장이었다. 그러나 그와 동조자들이 자전거 차로 지지 쪽으로 기울면서 이 단체는 갈라졌다. 이렇게 쪼개지고 난 뒤 그 후유증으로, 몇십 년간 서로의 뒤통수를 치는 저열한 드라마가 이어졌다. 그리고 양쪽이 감지하지 못하는 사이에, 정작 그들 불화의 원인이 됐던 주제는 뒷전으로 밀려 케케묵은 것이 되어버렸다.

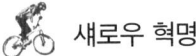 새로우 혁명

도로 위에 그어 놓은 선, 누군가에게 자전거 차로란 단지 그런 것일 뿐이었다.

'자전거 타기의 옹호와 그를 위한 정책'이라는 기이한 세계가 있는데, 외부자들은 이를 보고 자전거 전용차로가 대단히 중요한 이슈구나, 하고 착각할 수 있다. 자전거 타기를 지지한다는 자들이 서로간에 강력한 반대자가 되어 공고한 진영을 결성하고, 한번 갈라져 나온 당파들이 다시 소 분파들로 쪼개져 감정을 상하게 하는 일이 일어났다. 급기야는 도로 위의 선에 불과한 것을 놓고 소송이 벌어지기까지 했다.

그렇지만 이들과 달리, 경험 많은 도심의 라이더들은 자전거 차로 문제에 대해 그다지 거품을 물지 않았다. 최고의 라이더들에게는, 최악의 도로라 해도 그저 조금 불편하거나 아니면 왠지 가고 싶은 호기심을 유발하는 정도에 그치는 것이었다. 라이더들을 위한 일부 전용 시설 중에는 위험한 것도 있었고 법 취지와 달리 이용하기에 어려운 것들도 있었다. 그러나 좋은 라이더들은 이런 것들도 별 어려움 없이 알아서 잘 다루었다. 그렇기 때문에 그들을 격동시켜 자전거 차로가 '문명'을 위협하니 마니 하는 논쟁에 끌어들이기는 어려웠다.

최근에 나는 덴버 시가 새로 만든 자전거 차로에서 흥미로운 경험을 했다. 십 몇년 간 나는 18번가로 알려진 동서 도심대로를 자주 이용했었다. 이 길은 자전거가 끼어들지 않아도 이미 충분히 복잡한 도로였다. 이 길을 나는 수없이 오갔다. 그러던 어느 날 이 길에 자전거 전용차로가 설치됐다. 정말 널찍한 호화판 자전거 차로였다. 아마 폭이 2.5미터는 되었으리라.[4] 원래 18번가는 길가 주차를 할 수 있었다. 하지만 자전거 차로는 '도어 존$^{door\ zone}$'(주차 차량의 문을 열 때 필요한 공간- 옮긴이)의 밖에 들어섰

---

[4] 이상하게도, 사람들은 자전거 차로나 인도 같은 노면 시설의 폭을 잘 어림하지 못한다. 2.5미터면 자전거 전용차로의 폭으로는 꽤 넓은 것이다. 그런데 대부분의 사람들은 그게 1.5미터나 2미터 정도밖에 되지 않는다고 말한다. 위에서 내려다보면 그다지 넓어 보이지는 않지만, 사람들이 1.5미터 정도의 폭이라고 생각하는 것도 실은 2미터 정도 된다. 2미터 너비라고 생각했는데 알고 보니 3미터가 넘는 경우도 있다. 이는 아마도 사람의 눈높이에 따른 왜곡에 기인하는 것이라고 본다.

다. 자전거 전용차로는 주차된 차의 좌측 문 손잡이에서 1.5미터 정도 떨어진 지점에 그어져야 한다. 그래서 이 대단히 보기 드문, 드넓은 자전거 통행 공간이 들어서기 위해 18번가 4차선 도로의 맨 오른쪽 차로를 완전히 내주어야만 했다. 이보다 더 사치스러운 자전거 차로는 보기 어려웠다. 실로 이는 내가 살아가는 동안 보게 될 자전거 차로 가운데 제일 멋진 것이 될 거라 해도 과언이 아니었다. 그러나 이게 들어섰다고 해서 내가 18번 가에서 자전거를 타는 데에 어떤 변화가 일어나거나 영향을 받은 것은 없었다. 아무것도.

그런데 자전거 전용차로가 아무 것도 아니라면, 왜 그게 그렇게 인기가 있을까? 자전거 차로에는 두 개의 주된 이점이 있다. 첫째, 비용이 별로 안 든다. 페인트 좀 쓰면 그걸로 끝이다. 그러나 이를 설치함으로써 교통 공학자나 계획자들은 시민들의 눈과 머리에 쏙 들어오는 강한 인상을 줄 수 있다. 이걸 보고 사람들은 자전거 운송체계에 큰 개선이 이뤄지고 있고 자신의 동네가 살만한 곳이 되고 있다고 느끼게 된다. 비용을 크게 들이지 않고도 이런 효과를 낼 수 있는 것이다. 이런 점에서 자전거 차로는 상당히 매력적이다. 두 번째는, 초심자 라이더들이 이런 것들을 진짜 좋아 한다는 것이다. 새로, 혹은 장차 자전거를 교통수단으로 삼고자 하는 사람들은 자신들이 자전거를 탈 것인지 말 것인지를 결정하는 가장 중요한 요인으로 자전거 전용차로의 유무를 든다. 그래서 도로 위 라이더들의 수를 늘리고 싶은 사람이 있다면, 그는 자전거 차로가 자신의 목적을 이루게 해주는 길이라고 생각하게 된다. 그런가 하면 자전거 차로는 '악동' 라이더들이 활개치는 무대를 인도가 아닌 차도 위로 옮겨 놓는데 기여할 수도 있다. 자전거 차로 비판자들은 이 선들이 초심 라이더들로 하여금 부정확한 안전감각을 갖게 만들어 실제로는 위험을 더욱 증가시킬 수 있다고 반박하기도 한다. 그렇지만 자전거 전용차로 문제에서 그 근거가 되는 통계자료는 찬반 양론 어느 쪽에도 많지 않은 것이 현실이다.

하지만 고맙게도 자전거 차로 '논쟁'은 이제 낡은 것이 되어 버렸다. 자전거 차로 자체가 이미 역사의 유물처럼 낡은 것이 되었기 때문이다. 아직도 '차로'의 관점에서 교통계획을 짜는 누군가가 있다면 그는 지극히 구시대적인 희귀종이라고 할 수밖에 없겠다. 쟁점이 되었던 자전거 전용차로의 단점은 버리고 이점만을 대부분 수용한 새로운 노면 처리 기법이 확산되고 있기 때문이다. 이른바 섀로우^{sharrow} 기법. 섀로우는 그래픽 노면 처리 기법으로써 도로 위에 페인팅 따위의 방법으로 설치할 수 있다. 이는 큰 화살표나 꺾기 표지의 위쪽 혹은 안쪽에 자전거 그림을 그려 넣은 것을 말한다. 이를 보는 운전자들은 경각심을 갖게 되고 그 도로가 자전거

라이더들과 공유하는 곳임을 알게 되는 것이다. '공유 표시 화살표 shared-use arrow'. 이는 그 길에 라이더의 공간이 존재함을 (운전자뿐만 아니라 라이더 자신에게도) 알려주면서도 자전거의 위치를 -더 큰 위험에 노출될 수 있는- 도로 위의 특정 공간 안으로 제한하지 않는다. 새로우(share+arrow)는 자전거 인을 위한 노면 처리 기법 중에서도 가장 격조 있는 최선의 해법이라고 할 수 있다.

그런데 새로우에도 피해야 할 함정이 있다. 새로우 표지가 너무 작거나, 차로의 오른쪽으로 너무 치우치게 그려졌을 경우에는 그 효력을 반감하거나 상실할 수 있기 때문이다.

십수 년 전에 덴버의 자전거 정책 담당자였던 제임스 맥케이 James Mackay가 처음 창안한 새로우 표지 원형은 상당히 작았다. 60-90센티미터 정도의 크기에 자동차의 오른쪽 타이어가 밟기 좋을 만하게 오른쪽에 치우쳐 있었다. 설치한 지 몇 달도 되지 않아 덴버 시의 새로우 표지는 호응을 얻지 못하고 사라져 버렸다. 또 다른 새로우 표지들이 자전거 전용차로 안쪽에 그려졌지만 이것도 대부분 무용지물로 전락했다. 그렇지만 덴버의 새로우는 일단 어떤 (도로 공유의) 개념이란 것을 소개하는 데에는 성공했다. 그리고 이걸 그리거나 설치할 때 절대 해서는 안 되는 것이 무엇인지도 똑똑히 알려주었다.

맥케이의 그림은 미국 내 다른 도시들로 진출하면서 회생했고 진화하기 시작했다. 자전거 전용차로를 선호했던 샌프란시스코

시는 여러 가지 스타일의 표지들을 가지고 실험했고, 그 중 가장 세련되어 보이는 2겹 꺾기 표지가 운전자와 라이더의 행동을 바꾸는 데 가장 효과가 있음을 알아냈다. 이 표지의 설치는 샌프란시스코의 자전거 계획 담당자들에게는 자연스러운 수순이었다. 이로써 라이더들은 이전의 도로 오른쪽 갓길에 자전거 전용차로가 있을 때보다 위험을 더 안전하게 피하면서, 이 도시의 악명 높은 언덕길을 쏜살같이 내달릴 수 있게 됐다.

2008년 봄 산타페를 찾았을 때, 내 눈에 아름다운 무언가가 떠었다. 그건 낙조도 카치나 인형$^{kachina\ doll}$(미국 남서부 원주민 부족들의 전통 인형- 옮긴이)도 아니었다. 도로의 중앙에 제대로 위치한 매우 커다란 새로우 표지였다. 산타페에는 자전거 교통량이 그다지 많지 않았다. 그러나 거리는 열심히 (자신들이 공유되고 있다는) 신호를 보내고 있었다. 몇달 후 나는 더 커다랗고 더 산뜻한 스타일의 새로운 섀로우 표지가 내가 사는 동네에 등장한 걸 보고 무척이나 고무됐다. 마침내 '덴버의 화살'이 귀환한 것이다. 그것도 부쩍 커진 모습으로. 마치 맥케이의 원래 그림에 스테로이드를 주사한 것 같았다. 섀로이드^{sharroid}라고 불러야 되나. 그리고 대부분 길의 안쪽 차로에 자리를 잘 잡고 있었다.

자전거 차로도 그렇지만 섀로우 표지 역시 자동차로부터 라이더를 물리적으로 직접 보호해주지는 않는다. 어떤 '힘의 장^{force}

field'도 거기에는 존재하지 않는다. 그러나 섀로우는 라이딩 환경에 설명하기 어려운 긍정적인 방식으로 영향을 가한다. 눈에 띄는 신세대 섀로우 표지가 나온 이후에 나는 자전거 전용차로와 극명한 대조를 이루는, 기분 좋은 차이를 발견하게 됐다. 샌프란시스코 시의 섀로우 연구는 이 표지가 노상에서 자동차 운전자들의 위치에 영향을 주고 있음을 보여준다. 라이더가 지나갈 때, 심지어는 지나가지 않을 때조차 그들은 30에서 60센티미터 정도 더 자신의 위치를 이동시켰다. 이 정도면 일반적인 도심 도로에서 라이딩하는 라이더의 눈에는 상당한 변화량으로 느껴진다. 섀로우 표지에는 이처럼 계량화하기 불가능한 그 무엇이 있다.

예를 들어 '느리게SLOW'라는 단어가 노상에 씌어 있다고 상상해보자. 운전자가 그걸 봤다고 해서 반드시 속도를 늦춘다는 법은 없다. 그러나 실제로 속도를 떨어뜨릴 가능성은 높다. 설사 속도까지는 아니더라도 그걸 보는 순간 왜 그 단어가 거기에 있는지 생각해볼 가능성은 높다. 그리고 좀 더 주의하게 된다. 심지어는 다소 어리둥절해 할 수도 있다. 그러나 그것도 좋다.

똑같은 현상이 섀로우 표지를 놓고도 일어난다. 이 표지는 운전자나 라이더에게 뭘 어떻게 하라고 직접 지시하지 않는다. 거기에 섀로우의 아름다움이 있다. 이는 경각심을 환기하는 예술작품이다. 우리가 익히 보아온 대로 경각심이야말로 교통안전에 관한 한 모든 것이다. 새로우는 사람들을 생각하게 만든다. 먼저 운전자를 진정시켜서 자신의 통행을 '막고 있는' 라이더에게 분노하거나 공격적으로 돌변하지 않도록 하는 부수의 기능도 가지고 있다. 새로우는 글을 읽지 못하는 사람들에게도 부인할 수 없을 만큼 분명한 메시지를 던진다.

"이 길은 자동차만의 전유물이 아닙니다. 자전거 이용자도 여기에 있을 권리가 있습니다. 만일 운전자인 당신이 그를 친다면 당신은 대단히 어려운 처지에 빠지게 될 것입니다."

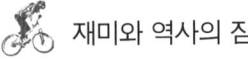 재미와 역사의 짐

자전거를 타는 사람들 중에서 권력 구조를 전복하겠다거나 억압적인 전통에 맞서겠다는 모종의 선언, 각오를 머릿속에 담고 타는 사람은 별로 많지 않을 것이다. 사람들은 자전거를 하나의 이념으로 보지 않는다. 그들은 라이딩의 사회적·역사적·생태적 시사점에 대해 그다지 생각하지 않는다. 그들은 확실히 폭탄을 던지기 위해 라이딩을 하는 것 같지는 않다. 이 사람들은 그저 자전거라는 기계에 빠져 있을 뿐이다. 그들은 자신들이 자전거의

짧은 역사에 담긴 사회정치적인 함의를 잘 모른다고 해서 어떤 결핍감을 느끼지는 않는다.

  자전거를 타는 사람의 80퍼센트는 그저 순수한 오락 목적에서 탄다. 자전거를 타면서 느끼는 독특한 기분에는 강한 중독성이 있다. 그것이 바로 120년 전에 사람들을 자전거 위에 번쩍 들어앉힌 힘이고 오늘날에도 우리로 하여금 자전거로 회귀하게 만드는 요인이다. 프랜시스 윌라드를 낙상시키고 무릎방아를 찧게 만든 짜릿한 균형감이 바로 그것이다. 그저 '자전거 타는 재미' 하나가 미국 내 자전거 산업에 연간 60억 달러를 쏟아 붓게 만드는 것이다. 그리고 재미는 탈정치적이다. 재미에는 의제가 없다. 재미가 추구하는 것은 웃음밖에는 없다. 그러나 재미가 목적이든, 신선한 공기나 한 모금 들이쉬려고 하는 사람이든 간에 자전거에 올라앉는 자는 역사라는 짐을 짊어지고 탈 수밖에 없다. 자전거라는 기계에는 모종의 혐의가 구름처럼 걸려 있기 때문이다. 자전거는 여러 차례 여성해방, 백인의 힘, 정치적 술수, 사보타지, 첩보행위, 여타의 반역적 행동, 유럽의 사회주의, 불법이민자들, 습관성 음주 운전자, 무정부, 특권, 반^{反} 자동차 극단주의, 젊은이들의 반 기성체제 선언 운동 같은 것들에 내밀하게 연루된 전력이 있지 않은가. 이런 역사적 상징들이 뒤섞인 채 사회적 집단 무의식 속으로 배어들고 있다. 자전거에는 뭔가가 실려 있는 것이다.

역사라는 짐으로 인해 거리에서 자전거를 타는 일이 약간 어려워진 점도 있다. 그런 점이 이 기계가 널리 공리주의적인 목적으로 사용되는 데 장애가 되기도 하다. 자전거를 타는 일이 어떤 대의와 연결될 때마다 그게 적법한 것이든 아니든, 우든 좌든 간에 사람들은 자전거에 끌리기보다 멀어져 갔다.

본래 자전거는 모든 탈 것 중에서도 가장 보수적인 것이었다. 이동(수단)에 관한 한, 자신만의 육체적 힘을 가지고 움직이는 것만큼 보수적인 것은 없기 때문이다. 이런 탈것이야말로 재정적 보수성의 원칙을 지키며 삶의 수단을 강구하는 누군가에게 적합한 (보수적인) 이동 수단이다.

 증오

과거에 이런 저런 이유로 자전거에 대한 편견이 존재했었다. 하이휠 자전거는 위험한 탈것으로 인식됐다. 그래서 고속 기어를 장착한 안전자전거가 도입됐어도 사람들의 반응은 그다지 뜨겁지 않았다. 그러나 이제 모든 게 변했다. 편견은 제거됐고 사람들은 이 기계에 올라타고 페달을 굴리며 아무리 험한 지역이라도 갈 수 있게 됐다. 더 이상 거리의 무뢰한들로부터 괴롭힘을 당할까 걱정할 필요도 없다. 자전거 탄 이들은 멋쟁이로 불린다.

뉴욕 타임즈, 1894

라이더들은 사람들을 격동시키고 그들 사이에 증오의 씨를 뿌리려는 어떤 대의와도 연관을 맺을 필요가 없다. 라이더들이 법을 비웃는 사람들로 일반인들에게 비쳐질 때 분노의 대상이 되기 때문이다. 거리에서 신호를 무시하고 노인이나 아이들을 놀라게 하는 따위의 행위를 즐기는 것처럼 보여질 때, 그러면서도 특별한 대우를 요구하고 이른바 라이더들의 '존귀한 영역'에 조금이라도 침해가 가해지는 듯한 기미만 보여도 야단법석을 떨 때 라이더들은 지탄받는다. 자동차 운전자들은 라이더들이 가지고 있는 모종의 특권의식에 대해 자주 불편함을 호소한다. 이런 반[反] 자전거 감정을 뜯어보면 그 중 일부는 '자전거에 대한 질투$^{Bike\ Envy}$'일 수도 있다. 라이더들이 과시하는 '자유'를 내심 갈망하고 있다는 심리 같은 것이다. 그런가 하면 배타적 '양식주의^{modism}'의 표현일 수도 있다. 자신이 타고 있는 것과 같은 양식의 탈것, 즉 자동차 안에 있는 사람이 아니면 자전거 라이더는 물론이고 보행자, 버스 승객, 누구에게나 자연스럽게 표출되는 감정, 또 그걸 맞받아치는 상대의 혐오감을 말한다. 어떤 통근자들은 잠시라도 자신의 갈 길에 방해가 된다 싶으면 아무에게나 막 화를 낸다. 운전자들이 라이더들에게 적대적인 편견을 갖는 데에는 그들의 희극적이고 이국적이고 반짝거리는 정상인 같지 않은 복장과 차림새도 일조를 한다.

그러나 일부의 반[反] 라이더 정서에는 일리도 있다. 우선 라이더들은 법을 잘 어기는 경향이 있으며 자전거가 제공하는 자유를 지나치게 탐한다. 그리고 그들은 거리에서 확보하고 있는 자신들의 영역을 놓고 대단히 공격적이다. 누가 조금만 치고 들어와도 그야말로 눈을 부릅뜨고 분개한다. 법을 어기고, 분개하는 일이 아예 일체형으로 같이 일어난다. 자동차 운전자들의 눈에 이런 태도는 뻔뻔하고 이기적이고 위선적으로 비친다. 운전자들이 자전거 이용자들에게 보이는 혐오감들은 근거 없는 것들이 많지만 이처럼 나름의 이유가 있는 것들도 있다.

하지만 라이더들이 그렇게 행동하는 데에는 나름의 이유가 있다. 나쁜 운전은 불편함을 주는 것 이상이기 때문이다. 그러한 행위는 라이더의 안전에 직접적인 위협이 된다. 주행 중에는 차가 와서 살짝만 접촉해도 대단히 심각한 결과가 발생할 수 있지만 차 안에서는 감지하기가 어려운 문제다. 그래서 도로 위의 라이더들은 자신의 공간을 호전적인 태도로 지키려 하는 것이다. 그러나 그렇다 해도 자전거를 몇 년 타다 보면 대부분의 라이더들은 참을성이 많아지는 것이 사실이다.

라이더에 대한 반감이 널리 퍼지기 시작한 지 3세기 째로 접어들고 있는 2008년 여름, 샌프란시스코에서 이런 정서를 온 몸으로 보여준 사람이 있었다. 바로 롭 앤더슨$^{Rob\ Anderson}$이라는 인물이다. 한두 번 자전거로 인해 크게 다칠뻔 한 뒤에 그는 시를 상대로 소송을 벌여 당시 진행 중이던 샌프란시스코 시의 자전거 프로그램을 정지시켰다. 그는 "물리적인 위험 어쩌고저쩌고 할 것도 없다. 샌프란시스코에서 자전거를 타는 사람들 중의 일부는 자살 폭탄 테러를 하는 이슬람 광신도와 같은 이유로 자전거를 탄다. 정치적으로 그렇게 동기화되어 있다고 본다."고 말했다. 그에게 자전거는 자신이 증오해 마지 않는 '진보 운동'의 가장 강력한 상징물이었다. 시의 공공 계획을 성공적으로 좌절시킨 덕분에 그는 몇몇 사람들에게 다소 영웅적인 모습으로 비쳐지기도 했다. 월 스트리트 저널 1면에 특집기사로 다뤄지기도 했다. CNN의 글렌 벡$^{Glenn\ Beck}$은 그를 텔레비전에 출연시켜 "선한 싸움을 계속 하라"고 격려하기도 했다.

앤더슨 같은 사람이 하나만 있는 게 아니다. 지난 10여 년간, 라디오 아침 프로그램의 허접한 진행자들이 오락용으로 라이더들을 찧고 까부는 게 아예 단골메뉴처럼 되다시피 했었다. 이는 어찌 되었든 대중의 정서를 나타내는 지표임에는 틀림없다.

그러자 라이더들은 2003년 여름 제대로 분노를 표출했다. 클리블랜드, 랄레이, 휴스턴에 있는 라디오 방송국의 일부 DJ들이 너무 심하다 싶은 반감을 드러낸 후였다. 그들은 라이더들에게 다양한 괴롭힘과 폭력을 가하라고 청취자들을 부추겼다. 이 세 방송국은 모두 클리어 채널 커뮤니케이션즈$^{Clear\ Channel\ Communications}$ 소유였다. 이 회사는 그게 순전히 우연이었다고 강변했다(이는 거짓말이 아닐 수도 있는 게, 클리어 채널이 미국 전역에 가지고 있는 터무니없이 많은 방송국 수를 보면 그렇다). 라이더들은 인터넷에서 확보하고 있는 압도적인 화력을 동원해서 클리어 채널에 대한 비난전을 벌였다. 그와 동시에 미연방통신위원회$^{Federal\ Communications\ Commission(FCC)}$ 앞으로 몰려가서 시위를 벌였고, 광고주들을 움직여 일부 광고를 회수하도록 했다. 회사는 뭔가 행동을 하지 않으면 안 될 위기감을 느꼈다. DJ들은 방송을 통해 해명하고, 사과하고, 유감의 뜻을 전했다. 나아가 클리어 채널은 자전거 안전 프로그램에 돈을 냈고 공공 서비스 방송을 내보냈다. 그러나 2005년 2월에 새크라멘토 KTSE 방송국의 한 DJ가 라이더들을 폭행해야 한다고 또 떠들면서 다시 같은 일이 반복됐다.

 무법 라이더의 신화

새로우가 반듯하게 그려져 있는 요즘에는 철 지난 얘기가 되어버렸지만 자전거 차로와 관련된 포레스터의 생각에는 한두 가지 진실이 있기는 했다. 그러나 그는 아주 중대한 지점에서 자전거 타기라는 큰 그림을 잘못 그리는 우를 범하고 말았다.

물론 교통시스템이 믿을 만하다고 볼 구석은 어디에도 없다. 그다지 익숙한 시스템도 아니다. 포레스터의 자전거 차로론은 교통에서 인간(이라는 요인)을 빼면 아무것도 없다는 사실을 간과하고 있으며, 우리가 자전거를 타고 마주치는 사람들이 인간이라면 누구나 무시로 하는 실수들을 저지른다는 것, 그리고 그에 따른 위험이 실재한다는 것을 대충 얼버무리고 있다. 추상적인 교통시스템만을 강조하다 보니, 자전거 차량화론자들은 초심 라이더들이 현실을 제대로 파악하는 일에 도움을 주지 못한다. 내 생각에 현실을 아는 일이야 말로 법을 지키는 것보다 훨씬 중요한데 말이다. 메신저 일을 하면서 마음이 바쁜 고객의 요구를 맞추기 위해 부득이하게 법을 어겨야 할 때가 많았다. 그러면서 나는 라이더에게 절대적으로 필요한 것은 날 선 주의력이지 교통법규에만 매달리는 것이 아님을 깨달았다. 그렇지 않았더라면 메신저들은 다 죽었을 것이다. 메신저를 오래 한 사람들이 부상 경험도 많을 거라고 생각하지만 실제로 이들의 시간당 부상확률은 일반 자전거 통근자나 취미형 라이더들보다 훨씬 낮다. 메신저가 달릴 때 보면 신호등 색깔에 관계 없이 획획 지나간다. 그래도 누군가를 치거나 본인이 치이는 법이 없다. 그리고 어떤 혼란이나 훼손, 공포를 유발하지도 않는다. 오히려 완전히 법규를 지키며 자전거를 타지만 집으로 가는 길에 다소 주의가 풀린 라이더들이 사고를 당한다. 결국은 경각심의 문제다.

사고 통계를 봐도 자동차와 충돌사고에서 귀책사유가 자전거 라이더들에게 있는 경우를 우리는 종종 본다. 이런 게 발표되면 법을 준수하는 라이더들이나 자동차 운전자들의 마음이 편해질지도 모른다. 라이더 전체를 놓고 보면 그런 마음이 들 수도 있다. 그러나 운전자들과 달리 자전거 타는 사람들 중에는 16세 미만의 미성년자들이 있다. 성인 라이더들의 경우 자동차와 사고를 냈다면 대부분 운전자 과실일 경우가 많다. 달리 말하면, 성인 라이더들은 법규를 준수한다 해도 사고를 당할 가능성이 있다는 점이다. 그러니 법규를 철저하게 지키며 자전거를 타는 게 만능은 아닌 것이다. 결국 충돌을 피하기 위해서는 단순히 교통법규 시스템 안으로 편입하는 게 능사가 아니라 훨씬 더 복합적인 노력을 해야 함을 알 수 있다.[5] 법을 어기는 라이딩이 나쁜 결말을 불러올 수는 있다. 그러나 그 위험성은 확실히 과장된 것이다.

순간 판단력이 아닌 법규에만 의지해 자전거를 타는 라이더들이 사고를 내면 크게 다칠 가능성이 높다. 어린 라이더나 음주 라이더들을 일단 제외해보자. '고속도로 안전 보험 연구소'에 따르면

---

[5] 예를 들면, 1996년부터 2005년까지 뉴욕 시에서 발생한 자동차-자전거 충돌 사고에서 원인 제공은 3대1의 비율로 자전거 라이더보다 자동차 운전자들이 더 많았다. 그런데 자전거 인구에 관한 많은 연구들이 어린이 라이더들을 중심으로 다루고 있다. 아이들은 자신들이 연루된 충돌 사고에서 과실을 범한 당사자일 가능성이 높기 때문이다. 켄 크로스(Ken Cross)는 1974년 산타 바버라에서 발생한 384건의 자동차-자전거 사고를 조사했는데, 이 연구를 보면 어린 라이더들이 얼마나 크게 사고 요인으로 작용하고 있는지 분명히 드러난다. 크로스는 "연령과 사고 유형 사이에 상관성이 있고 이 상관성은 매우 중요한 것이다."라고 말한다. 그에 따르면 "연령 분포도는 사고 유형에 따라 폭넓고 다양한 모습을 보이지만, 이 분포도를 분석해 보면 확연히 구별되는 두 그룹으로 수렴됨을 알 수 있다. '치명적인 동작'을 라이더가 행한 사고 유형이 한 그룹, 운전자가 행한 경우가 또 다른 한 그룹이다." 그런데 이 분포도에서 어린 라이더의 충돌 사고를 제하고 나면, 나머지 사고의 주범은 대부분 자동차 운전자들이다. 요즘의 아이들은 몇십 년 전의 아이들보다 자전거를 훨씬 적게 탄다. 하지만 사고 연구들을 보면 사고로 부상을 입는 라이더들 중에서 어린이들이 차지하는 비중은 훨씬 높아졌다.

2006년에 사고로 사망한 라이더들의 24퍼센트는 법정 알콜 농도 이상으로 취한 상태였다. 이들은 일단 빼놓자. 그러고 나면 좀 더 분명해진다. 다수의 준법 라이더들도 위법 라이더들과 크게 다르지 않은 상황에서 충돌사고를 당하고 있음이 나타난다. 이런 충돌 사고들은 대개 두 가지 조건이 불운하게 겹치는 경우에 일어난다. 무엇보다도 운전자가 라이더를 못 본 상태에서, 라이더의 대응동작마저 적절치 않았을 때를 말한다. 도로 위에서는 언제나 부주의와 미숙함이 만나고 있는 것이다.

운전자의 시야에 자신의 전방에서 같은 도로, 같은 방향으로 주행하고 있는 라이더들은 비교적 쉽게 들어온다. 이런 라이더들은 상대적으로 장시간 동안 운전자들의 시선을 붙잡아 둘 수 있다. 그러나 운전자들이 좌, 우 회전을 하거나 길을 가로지를 때, 골목길이나 이면도로에서 큰길로 나올 때 즉 방향을 틀거나 횡단할 때가 라이더(모터사이클과 스쿠터 라이더들도 예외는 아니다)의 모습을 쉽게 놓치는 취약한 상황이다. 여기에는 몇 가지 이유가 있다. 우선 생리학적으로 사람들은 혼잡하고 배경이 지나치게 어둡거나 환한 도로에서 빠르게 움직이는 인간 크기의 물체를 정확하게 보는 일이 힘들다. 거기에 앞유리까지 더럽다면 일은 더 어려워진다. 운전자가 어떤 사물을 주목하는 시간이 짧으면 짧을수록 그걸 포착할 확률은 낮기 때문이다. 또 다른 이유는, 많은 운전자들이 도로에 자전거가 출현한다는 사실에 대해 심리적인 대비를 못하는 까닭이다. 그들은 무의식적으로 다른 자동차들만 주시하지 그 이외의 것들은 잘 못 본다. 이처럼 라이더에게 가장 큰 위험이 운전자가 그를 보지 못하는 경우라면 결국 확실한 것은 도로 위에서 교통법규가 라이더들을 보호해주지 못한다는 점이다. 법규를 지켜가며 자전거를 타고 있느냐 아니냐는 중요한 게 아니다. 정말 흔한 운전자 과실이 바로 '보기는 보지만 뭐가 잘못되는지를 못 보는' 경우다. 해마다 수만 명의 준법 라이더들이 이런 식으로 다치고 있다.

따라서 자전거 라이더로서 수행해야 할 첫번째 과업은 자신을 불안정한 교통시스템에 편입하는 일이 아니라 오히려 아주 근본적인 차원에서 교통법규에 대한 믿음을 유보하는 일이다. 교통시스템에서 우리는 매우 본질적인 오류 가능성을 본다. 이 오류 가능성이란 '인간은 기본적으로 실수를 저지르게 되어 있다'는 전제를 말한다. 교통은 인간(의 행위)이고, 실수는 인간의 조건이다. 명심하라, 이는 라이더들이 도로의 규칙을 외면해야 한다는 말이 아님을. 단지 길 위에서는 현실주의자가 되어야 한다는 말이다. 라이더가 가장 먼저 해야 할 일은, 항상 '실수할 수 있는' 이런 저런 자동차 운전자들이 자신을 보지 못할 수도 있음을 염두에 두고 자전거를 타는 일이며 이게 자칫 매우 치명적인 결과를 초래할 수 있음을 기억해야 하는 일이다. '적절히' 자전거를 타는 것이 제일 중요하다. 규칙은 그 다음이다.

성인 라이더에게 법규 준수와 안전은 사실상 별개의 문제다. 안전 문제는 그 자체로 이해해야 한다. 라이더의 준법성은 안전보다는 대중계몽과 더 관계 있다. 이는 대중계몽 문제가 중요치 않다는 말이 아니다. 노련한 라이더라면 이 말을 오독하지 않을 것이며 내가 무슨 말을 하는지 잘 이해할 것이다.

 이동규약

어떤 자전거 단체의 회원들이라도, 억압받고 있다는 특정 계층의 라이더들이 자행하는 무모한 라이딩을 환영하기는 쉽지 않을 것이다.

아이작 포터 1893

도심을 둘러보면 오늘날의 라이더들은 1893년 봄 라이더들을 구속했던 교통법규에 크게 구애받고 있지 않음을 알 수 있다. 도시를 통행하는 대다수는 불문不文 이동규약Code of Movement을 잘 지키는 것처럼 보인다. 이 규약은 통행권이라는 상식선 상의 관념에 근거하고 있는데 실로 이 관념은 고대 이래 교통 규칙의 핵심으로 받들어져 온 것이다.

현대의 교통 규칙은 행인들을 통제하는 여러 장치들을 두고 있다. 그러나 거리에 나가 보면 사람들은 넘쳐나는 통제들을 무시하며 보편적인 규약, 일종의 기본적인 예법이라고 할 수 있는 것조차도 지키지 않으려는 경향이 있음을 알 수 있다. 어떤 이들은 비교적 규약에 잘 따르지만 또 어떤 이들은 성문화된 것이든 아니든 간에 모든 법규를 다 무시해 버린다. 그러나 이동규약 원칙 아래에서, 보행자들은 무단횡단을 할 수 있다.

도로에서 운전자나 자전거 라이더의 상식적인 통행권을 방해하지 않는 한 그렇게 할 수 있고, 실제로도 그렇게 한다. 마찬가지로 운전자들도 정지신호는 얼렁뚱땅 뭉개고, 노란 불이 들어올라치면 급가속을 해서 지나간다. 그리고 도로가 한가하다 싶으면 거리낌 없이 제한 속도를 초과해서 과속을 한다. 자동차는 근처의 도로 사용자들, 시민들, 심지어는 경찰에게도 흉기가 될 가능성이 있지만, 자신들의 통행권이 터무니없이 침해당하고 있다는 생각이 들지 않는 한 사람들은 이 정도의 행위는 눈감아 준다. 주위를 보라. 사람들이 따르는 것은 성문화된 법규가 아니다. 그들은 법규를 지키는지, 차선을 유지하는지, 교통신호를 따르는지 감시당하고 있을 뿐이다. 그게 편리하거나 수월하지 않다면 그들은 다르게 행동할 것이다. 이런 시스템의 -만일 시스템이라고 부를 수 있다면- 목적은 사람들로 하여금 원하는 곳에 좀 더 수월하게 가도록 돕기 위함이다.

도심에서 자전거는 동력 이동장치의 속도와 보행자의 기동성을 합해 놓은 기능을 한다. 그래서 누군가가 이를 잘못 활용하면, 자전거는 도심 교통을 엉망으로 만들어버릴 수도 있다. 하지만 주위에 대한 경각심을 유지한 채 여러 가지를 고려할 수 있는 라이더는 꾸준히, 안전하게 자전거의 장점을 즐길 수 있다. 이런 사실을 잘 알고 있는 라이더들은 갖가지 방식으로 성문화된 법규를 무력화한다. 그들은 인도에서도 자전거를 탄다. 대개의 경우 이는 불법이다. 아니면 신호등을 제 편한 대로 이용하기도 한다. 진실은 다른 보행자나 도로 이용자의 통행권을 침해하지 않고도 이런 행동을 하는 게 '가능하다'는 것이다. 물론 이를 위해서는 라이딩 기술이 좋아야 한다. 어떤 라이더들은 기술적으로는 법을 준수하지 않는 것 같아도 알고 보면 '이동 규약'에는 충실하다. 이런 라이더들을 보고 분통을 터뜨리는 부류는 '법 질서'를 철두철미하게 지키는 사람들뿐이다. 도심에서 이들은 이래저래 어리숙하다고 할 수밖에 없다. 그런가 하면 이동규약을 철저히 짓밟고, 법규를 깡그리 무시하고, 지그재그로 마구 내달리면서 다른 사람들의 마음을 상하게 하고도 자전거를 타는 것 또한 가능하다. 모르긴 몰라도 이런 식의 라이딩이 제일 많을 것이다.

 ## 법 질서

 엄격한 법 근본주의자들이 많이 있다. 그들 중에는 일부 라이더도 포함된다. 그들은 언제나 '노^{No}'라고 말하는 사람들이다. 자전거 (라이더)는 무조건 교통법규에 복종해야 하고 다른 어떤 논의도 필요 없다고 하는 이들의 주장은 논리적이지만 비현실적이다. 모든 논리, 법, 단속, 적대적인 응시도 별 효과가 없다. 라이더들은 거리를 따라 물처럼 흘러가 버린다. 마치 야수의 속성을 보는 듯하다. 그런데 전국적으로 라이더의 수가 늘어나면서 거리에서 '비^{非}준법' 주행을 하는 라이더들이 더 많아졌다. 이에 따라 더욱 엄격한 법 집행을 요구하는 목소리도 커지고 있다.
 지방자치단체들은 갈팡질팡하고 있다. 이들이 자전거를 대하는 시선은 제각각이다. 자전거 지원 대책에 재원을 우선적으로 배분해야 한다고 생각하는 지자체가 있는가 하면 어떤 지자체들은 거리에서 자전거 이용자들을 완전히 추방하려고 애쓴다. 대개는 당근과 채찍을 동시에 동원하는데, 이들 모든 지자체들이 공유하고 있는 것은 그들 모두가 '옳은' 일을 하고 싶어 한다는 것이고, 그 일을 하면서 되도록 돈을 쓰지 않으려고 한다는 점이며, 정작 옳은 일이 무엇인지는 잘 모른다는 점이다.
 자전거 타기에 관한 한 법 집행 관행은 계속 변화해 왔으며 지금은 매우 중대한 지점에 와 있다. 일종의 교차로에 서 있는 것이다. 어떤 관료들은 라이더들의 고삐를 더 틀어쥐어야 한다는 쪽이고 어떤 이들은 좀 느슨하게 해야 한다는 입장이다. 아이다호 주의회 의원들은 마침내 오랜 동안 자전거 옹호자들이 오매불망 고대해왔던 것을 들어줬다. 이 주에서는 라이더들이 교통 신호를 어느 정도 융통성 있게 이용하는 것을 합법화했다. 물론 대부분의 아이다호 라이더들은 진작부터 그렇게 해왔었다. 그럼에도 이 조치는 자전거 관련 공공정책에서 대단히 중요한 일이다. 아이작 포터의 '자유법' 이래 120년 만의 흥미로운 변화인 것이다. 그리고 이와 유사한 '해방'의 움직임이 샌프란시스코, 덴버에서도 힘을 얻고 있다. 반면에 시카고 같은 도시는 (이곳 라이더들이라고 해서 자유를 쟁취하고픈 마음이 덜한 것은 아니지만) 정반대의 방향으로 가고 있다. 법을 어기는 라이더들을 엄격하게 단속하고 있는 것이다. 시카고의 관료들이 그런 단속을 천명한 것은 어제 오늘의 일이 아니다.

오늘날의 '아이작 포터'들은 '라이더를 위한 평등권'을 증진하는 데 상당한 힘을 쏟고 있다. 이들은 자전거 라이더나 자동차 운전자 모두 동일한 법규를 엄수하는 게 매우 중요하다고 주장한다. 그리고 경찰은 법을 어긴 라이더에게 적극적으로 딱지를 떼어야 한다고 말한다. 이렇게 되면 준법 라이더들이 만인의 존경을 받을 것이고, 자동차와 똑같은 방식으로 도로를 사용할 때 라이더들은 자유를 확보할 수 있다는 이야기이다. 그렇지만 이들이 하는 말이 딴 세상 얘기처럼 들리는 이유는 이미 많은 지역에서 라이더들은 자동차를 모는 사람들보다 월등한 자유를 오랫동안 누려오고 있기 때문이다. 라이더들은 보행자의 영역에도 큰 어려움 없이 접근할 수 있으며 거의 모든 탈것의 영역을 확보할 수 있다. 그들은 거리와 뒷골목, 필요한 경우에는 인도와 광장과 주차장까지, 그리고 자신들이 별도로 만들어 낸 이면도로들을 지배하고 있다. 교통 체증이 일어나도 그들은 헤쳐 나간다. 운전자들이나 모터사이클 라이더들은 꿈에서나 해볼 수 있는 행동들이다. 일부 자전거 인들이 뇌까리는 평등권이란 실제로는 이들이 지금껏 누려온 자유에 대한 실제적인 제약일 뿐이다.

이쯤 되면 덴버나 시카고 같은 대도시에서는 도심 교차로에서 (사방의 자동차 통행이 정지된) 보행자 전용 횡단 신호만 켜져 있을 때도 자전거는 통행을 허용하는 걸 고려해야 한다. 이를 반스 댄스$^{Barnes\ Dance}$라고 하는데 창안자의 이름을 딴 것이다. 현재 대략 95퍼센트의 라이더들이 그렇게 하고 있다. 다른 보행자들의 통행권을 침해하지 않는 한 정지신호를 무시하고 가고 있는 것이다. 바로 아이다호 주 법이 인정하고 있는 행위이다.

이런 변화가 일어나면 신중하게 법을 지키는 라이더들에게도

 170 | 우리가 자전거를 타야 하는 이유

좀 더 큰 자유가 보상으로 주어질 것이다. 그러나 이와 함께 라이더들이 보행자 횡단 신호를 활용하는 데 따르는 진짜 문제가 무엇인지도 명확하게 적시되어야 한다. 보행자들을 놀라게 하거나 그들의 통행권을 침범하는 경우처럼 현실적이고 구체적인 문제들을 해결하는 일에 더욱 노력을 집중해야 하기 때문이다. 그렇게 되면 보행자들에게도 더 좋으리라고 생각한다.

  라이더들이 어쨌거나 신호를 무시하고 달리고 있다면, 그들이 가능한 한 가장 안전하고 좋은 방식으로 할 수 있도록 해줘야 한다. 신호를 무시할 때에도 옳은 방법이 있고 그른 방법이 있다. 안전하고 배려 있게 하는가 아니면 무모하고 무례하게 하는가. 나는 정지신호에서도 안전하게 교차로를 횡단할 수 있는 예절 바르고 검증된 기술을 익히는 것이 법 근본주의자들에게도 불리할 게 없다고 생각한다. 이게 많은 주에서 시행중인 정지 신호 시 우회전만 가능한 법규보다 오히려 부작용이 덜할 거라고 생각한다. 라이더들이 다른 통행인을 방해하지 않고도 잘 갈 수만 있다면 그들을 정지신호에 오랫동안 묶어 두는 게 그다지 실익이 없다고 생각하기 때문이다. 현장에서 경찰이 판단해 굳이 기다리게 할 필요가 없다고 생각되면 갈 수 있게 하는 것이 옳지 않은가. 신중한 라이더들조차도 이미 누리고 있는 일부 현실적인 장점들은 합법화하는 게 좋다. 물론, 일부에서는 기분 나빠 하겠지만.

8
동력화의 슬픈 꿈

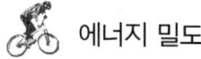 **에너지 밀도**

그리 대단치 않은 우리 문명은 값싸고 편리한 동력에 의지하고 있다.

헨리 포드, 1926

처음 자신의 계획을 실행에 옮길 때만 해도 맥심은 가솔린의 특성에 대해 잘 알지 못했다. 그래서 그는 간단한 테스트를 했다. 금속제 원통의 바닥에 가솔린을 한 방울 떨어뜨린 다음 성냥불을 집어 넣었다. 팍! 불붙은 성냥개비가 원통에서 마치 총알처럼 튀어나왔다.

맥심은 "명백한 것은 가솔린 한 방울의 힘이 내가 대충 생각했던 것보다 약 1천배 정도 강력했다는 사실이다"라고 말했다. 그는 또한 가솔린 한 방울에 들어 있는 힘과 자전거로 단련된 자신의 다리 근육이 품고 있는 힘의 엄청난 차이에 대해 적어 두는 것도 잊지 않았다. 맥심은 가솔린의 에너지 밀도에 대해 막 알게 된 참이었다. 정제된 석유에 응축된 믿을 수 없을 정도로 엄청난 에너지 량은 놀라운 것이었다. 그러나 대부분의 일반 자동차 운전자들은 자신들의 차를 움직이는 이 연료의 고유한 특성을 감지하거나 인식하지 못한다. 그저 "석유를 당연한 것으로 받아들이게 됐다."라고 말하는 걸로는 충분한 설명이 되지 않을 정도로 둔감해졌다.

그러자 사람들은 흘러 넘칠 만큼 많은 양의 가솔린 공급을 요구하게 됐다. 그리고 언제나 염가에 구매할 수 있길 바란다. 2008년도 가격은 갤런 당(1갤런은 3.785리터) 4달러였다. 단돈 몇 푼으로도 SUV에 연료를 가득 채우고 몇십 마일씩 떨어진 곳에 있는 바, 서커스 등 어디든 원하는 곳에 갈 수 있을 뿐만 아니라 차 안에서 값비싼 오디오나 DVD 플레이어를 천지가 울리도록 작동시킬 정도로 에너지를 사용한다.

몇 세대 동안 세계에는 연소폭발용 에너지인 석유가 거의 무한정하게 공급됐다. 이런 (풍요로운) 방식을 떠나서는 그 어떤 삶도 가능하지 않은 것처럼 보였다. 그러나 실은 이런 풍요로운 세계, 화석 연료를 거의 공짜나 다름없이 쓸 수 있는 이 세상이 매우 이상한 것이다. 절대로 정상적인 공간이라고 할 수는 없다. 우리는 역사상 매우 기이한 시대를 살고 있는 것이다. 연소폭발의 시대, 거대한 틀 안에서 이루어진 짧고도 무상한 시대라고 할 수 있다. 우리는 태양의 힘이 응집되어 서서히 형성된 수억 년짜리 화석연료를 마구 삼키고 있다. 고작 100여 년밖에 되지 않는 에너지 소비의 광란 속에서 거침없이 태워 없애고 있는 것이다. 이 놀라운 자원의 대부분이 싼 가격과 채굴의 용이성에 힘입어 사라지고 말았다. 그렇지만 문제를 깨닫기에는 너무 많이 와버렸다. 우리가 이 세상의 값싼 석유를 얼마나 빨리 태워버렸는지를 보면 참으로 드라마틱할 뿐이다. 우리의 소비행태는 연료 그 자체만큼이나 응축된 것이었다.

　물론 석유시대 이후에도 에너지는 존재할 것이다. 그러나 다른 종류의 것일 게 틀림없다. 상당량의 석유가 남아 있겠지만 이를 뽑아 올리기 위해서는 이전과는 달리 훨씬 더 큰 비용을 들여야 한다. 요즘 우리가 쓰는 석유의 상당량은 해저 3천 미터 아래에 있는 유층에서 끌어올리고 있다. 대양 해저에서 9천 미터씩 내려간 곳에서 채굴한 것도 있다. 10킬로미터 이상을 수직으로 끌어올린 원유를 정유공장으로 보내기 위해 이번에는 멕시코 만을 가로질러 무려 240킬로미터를 송유하기도 한다. 여기에 들어가는 막대한 에너지를 생각해보라. 텍사스 광야에 꽂아 놓은 석유 채굴기 위로 솟구쳐 올라 제임스 딘의 머리 위로 검은 황금이 비 오듯 쏟아지던 영화 '자이언트'의 장면은 그야말로 흘러간 옛이야기 일뿐이다.

　우리가 채택하려고 하는 대안들, 석유를 대체한다는 여러 후보들은 이 공짜나 다름없던 에너지가 베풀었던 것에 비하면 비할 수 없이 인색하고 힘도 못 미친다. 에너지 밀도도 상대적으로 낮다. 이는 우리가 앞으로는 지금까지 그랬던 것처럼 헐값에 그토록 빨리, 멀리 움직이지 못하리라는 것을 의미한다. 우리가 유정을 찾아 헤매는 시간은 더 많이 걸릴 것이고 마법의 연료를 꺼내

오기 위한 비용은 더욱 증가할 것이다. 석유는 더 이상 당연한 것이 아니다.

우리가 이 행성에서 에너지를 값싸게 썼던 시절을 회고해 보면 웃음과 한숨이 동시에 나온다. 어쩌면 미친 시간이 아니었을까? 에너지 전문가인 커터 클리블랜드$^{Cutter\ Cleveland}$는 말한다, "화석연료가 일궈낸 변화는 불이 인류에 도입됨으로써 나타난 그것을 넘어선다." 이 시대를 살았던 것이 얼마나 행운이었나를 생각해보라. 석유에 힘입어 믿을 수 없을 정도로 문명이 전진했던 이 시기 말이다. 이 시기에 사람들은 수십 년 동안 번영과 안정과 미증유의 높은 생활수준을 향유했다.

 이중의 추락

오호라 강한 자들이 쓰러졌도다!

사무엘서 1장 19절

2008년 9월 경제 위기가 전개되는 동안, 우리에게 불안한 미래관을 안겨줄 또 다른 그 무엇이 동시에 진행되고 있었다.

대형 허리케인 두 개, 구스타브^{Gustav}와 아이크^{Ike}가 멕시코 만으로 밀고 들어와서 루이지애나와 텍사스의 석유 채굴 플랫폼, 송유관, 정유공장 등을 강타했다. 시설들은 폭풍우에 큰 피해를 입지는 않았지만 전력망은 크게 손상됐다. 해안선을 따라 늘어선 수십여 곳의 정유공장들은 비상요원들이 부랴부랴 전기 시설을 수리해서 다시 전력을 공급할 때까지 몇 주간을 아무 힘도 못쓰고 가동을 멈춰야만 했다. 콜로니얼 송유관을 통해 동부로 가던 가솔린과 연합 송유관을 통해 전 남동부 주들에 공급되던 가솔린의 흐름이 끊겼다. 엄청난 연료 부족 상황이었다. 매일 사용하는 가솔린의 1/3 이상이 공급 중단된 것이다.

 전국의 가솔린 재고량은 이 허리케인들이 불어 닥치기 전부터 정상치 아래로 떨어지고 있었다. 애널리스트들은 폭풍우로 인해 텍사스의 정유시설들이 공급을 맡고 있는 지역의 유류 부족사태가 심화될 것이라고 예측했다. 그렇지만 송유관이 말라가기 시작했을 때조차, 이들 피해지역의 관료들은 연료 부족사태는 일어나지 않을 것이라고 주장했다. 그러면서 소매상들에게 '폭리' 취득행위가 불법이라고 으름장을 놓았다. 이는 상당히 주관적인 범죄 해석이라고 할만 했다. 그러나 관료들의 진짜 걱정은 이런 비양심적인 행위를 단속하는 차원 너머에 있었다. 사실 그들은 석유 부족 상태에 직면해 있음을 알았지만 이 사실을 공표하면 사람들이 공황상태에 빠져 사재기를 시작할 것이고, 그렇게 되면 일이 더욱 꼬이지 않을까 걱정했던 것이다. 드디어 석유가 부족하다는 사실이 많은 사람들에게 알려졌다. 고위층에서는 그저 안심하고 있으라는 부정직한 메시지만 흘러나왔다. 허나 진실을 어떻게 할 수는 없었다. 내슈빌, 애틀랜타, 탈라하시, 샬롯트, 애쉬빌 등지의 운전자들은 주유소 펌프가 하나씩 비워질 즈음 동요하기 시작했다. 갑자기 부족해진 자원을 꼭 필요한 곳에 먼저 합리적으로 공급하는 등의 세심한 관리가 부재했다. 오히려 문제는 가장 안 좋은 방향으로 커졌다. 운전자들은 폭증하는 절망감과 이기심으로 이 난국에 대처했다. 그들은 자동차 연료 탱크를 꽉 채우는 것도 모자라 20리터짜리 통을 트렁크에 싣고 와서 거기에도 채웠다. 어떤 이는 40대의 차량이 기다리고 서 있는 앞으로 새치기를 했으며, 이에 격분한 사람들과 주먹다짐까지 벌였다. 그들은 온 도시를 헤집고 다니며 가솔린을 얻기 위해 가솔린을 소모했다. 연료 탱크가 급기야 텅 비게 되자 꿈적도 않는 자신들의 차를 길가에 방치했다. 어떤 곳에서는 운전자들이 이른 새벽부터 주유소로 밀어닥쳤다. 다음 급유차로 들어올 가솔린을 먼저 잡을 생각이었다. 그들은 가솔린 부족으로 야기된 혼란을 피하기 위해 날이 밝기 훨씬 전부터 자신의 삶을 혼란 속으로 밀어 넣었다. 비난을 퍼부을 대상을 물색하던 그들은 연료의 양이 충분하다고 호언했던 주지사들을 위협했다. 애틀란타의 운전자들은 조지아 주 지사인 소니 퍼듀$^{\text{Sonny Perdue}}$의 탄핵을 요구했다. 이 유류 부족사태가 계속 되고 악화됨에 따라 《파리대왕Lord of the Flies》(외딴 섬에 상륙한 소년들을 통해 인간성의 결함과 야만성을 조명하는 윌리엄 골딩의 소설 - 옮긴이) 같은 상황이 실제 일어날 지경에까지 이르게 됐다.

운전자들은 가솔린 부족을 진짜 비상사태로 보고 그렇게 행동했다. 애틀랜타 일대의 911 긴급구조대에 따르면 이는 결코 과장이 아니었다. 구조대의 전화는 가솔린을 판매하는 주유소가 어디에 있는지 묻는 운전자들로 완전히 마비가 됐다. 이런 소동으로 인해 사람들이 정서적으로 얼마나 자동차에 의지하고 있는지가 여실히 드러났다. 일부 애틀랜타 거주자들은 가솔린을 구하지 못하면 출근이 불가능할 것으로 판단하기까지 했다. 자신의 다리脚를 갑자기 상실한 이 운전자들은, 같은 지역에 살고 있는 다른이들이 자동차를 소유하지 않은 상태에서도 성인으로서의 사회생활을 별 탈없이 영위하고, 제시간에 맞춰 출근한다는 사실을 이해조차 할 수 없었다. 불행한 것은, 이 한심하고 사지 멀쩡한 운전자들의 말도 안 되는 공포증으로 인해 진짜 비상상황이 발생했다는 점이다. 정말 자동차가 없으면 안 되는 사람들, 예를 들면 노인이나 장애인들, 이런 저런 물건을 배달하고 팔아야 하는 사람들이 이들로 인해 곤욕을 치르게 된 것이다.

결국, 책임자들은 연료 부족이 실제상황이고 꽤 오래 갈 수도 있음을 실토하지 않을 수 없었다. 그들은 시민들에게 여러 방법으로 난국 타개책을 모색할 것을 매우 조심스럽게 제안했다. 카풀이나 재택근무, 마르타^{MARTA}(Metropolitan Atlanta Rapid Transit Authority의 약어로 애틀랜타 지역 대중교통정보 사이트를 말함-옮긴이) 이용을 권유했고 관료들에게도 이런 언질을 줬다. 애쉬빌 시장인 테리 벨라미^{Terry Bellamy}는 이런 제안들을 크게 복창하며 필사적으로 가솔린을 구하려는 운전자들에게 (911말고) 다른 기관에도 연락을 해보고, 차를 몰고 무작정 헤매지 말라고 권고했다. 관료들은 시민들에게 열차를 이용하거나 휴무를 쓰고, 카풀을 하라고 말했다. 심지어는 버스를 타라고 말하기도 했다. 그러나 그들이 자신들의 정치 이력에 누가 될까봐 절대로 언급하지 않은 것이 한 가지 있었다. 자전거를 이용할 수 있고 어떻게든 스스로의 육체적 힘으로 움직일 수단이 있다는 사실을 어느 누구도 시민들에게 상기하려 하지 않았다. 분명한 것은, 다들 이를 언급하는 것을 정치적인 자살로 여겼던 것이며 그래서 애써 이 사실을 외면했다는 점이다. 사람들은 바짝 약이 올라 있었다. 그런 일촉즉발의 상황에서는 '자전거'라는 말을 입에 담기만 해도 그들은 폭도가 되어 주 의사당으로 난입할 태세였다. 그 상황에서 가솔린을 구하게 되면 폭도들은 걸어서가 아니라 SUV를 타고 밀어 닥칠 것이었다.

이런 마당에 길한 조짐은 아무것도 없었다. 물론 이 상황이 준

가르침은 분명히 있었다. 다음에 유사한 일이 재발하면, 정치가들은 좀 더 능동적인 자세를 보여줄지도 모른다. 상당히 가능성이 있는 것은 모종의 배급제가 실시될 수도 있으며, 이런 방법들이 정치적으로 웬만큼 수용할만 해졌다는 점이다. 배급계획은 이미 수십 년 전에 그걸 입안한 정부 관료들에 의해 가동 중에 있다. 만일 장래에 이 같은 공급난이 한번 더 일어날 경우, 당국에선 가솔린 배급표를 등록된 자동차 소유주에게 나눠줄지도 모른다. 그렇게 되면 제 힘으로 움직일 마음이 비교적 강한 자동차 소유주는 그 배급표를 그럴 생각이 전혀 없는 사람들에게 팔아서 짭짤한 수익을 낼 수도 있다. 연방 에너지 국의 비축 가솔린 배급계획에는 이렇게 쓰여 있다.

"합법적인 시장에서는 배급표의 양도와 판매가 허용된다."

 자원 고갈은 현재 진행형

석유 생산에 관한한 다소 조롱 섞인 표현인 '풍요의 뿔^{cornucopian}' (어린 제우스 신에게 젖을 먹였다는 염소의 뿔- 옮긴이) 신화를 믿는 사람들이 많이 있다. 말하자면, 우리가 필요로 하는 한 우리는 찾아낸다는 믿음이다. 이 관점에 따르면, 아직도 다량의 석유가 채굴을 기다리고 있고 석유회사는 그렇게 하는 것이 자사에 이익이 되는 한 끝내 그걸 퍼낼 것이니 걱정하지 말라는 것이다. 여기에 찬동하는 사람들은 세계 석유 매장량에 대해 환상적인 수치를 들먹여가며 떠든다. 그렇지만 기술적이고 실제적이며 구체적인 문제에 대해서는 입을 다문다. 이를테면 제 기능하는 시추장비의 부족 같은 일이 될 것인데, 그렇게 되면 석유 채굴 효율이 떨어질 것이다. '풍요의 뿔' 논자들에게 석유채굴 사업이란 어떤 자금을 이 계좌에서 저 계좌로 이체하는 것과 크게 다를 바 없다. 석유가 저 심연으로부터, 저 무한한 유층으로부터 제 스스로 나오려고 한다고 상상하는 사람들은 공급문제가 발생할 것이라고는 어떤 식으로라도 생각할 수 없다. 유가 상승은 특정한 단일 요인 혹은 몇 가지 요인이 결합된 모종의 복합 요인을 다루기만 하면 해결된다고 본다. 석유수출국기구^{OPEC}나 투기꾼, 백악관의 실력자들이 주요 요인들인데 이들만 주무르면 이런 문제도 깔끔하게 정리된다는 것이다.[1] 석유라는 것이 본디 싼 것인지라, 가격이 오르는 게 오히려 이상한 것이고 그래서 세계 석유계의 거물들이 제대로만 하면 유가는 바로잡을 수 있다는 것이 이들의

---

[1] 2008년 7월에 원자재 선물거래 위원회가 시장 조사 후 발표한 보고서에서 내비친, 암약하는 투기꾼들이 2007-08년도 유가 상승의 주범이라는 생각은 상당한 반향을 일으켰다. 이 보고서는 그 상승이 수요-공급 법칙과 일치하지 않는다고 결론을 내리고 있고 석유 재고량이 줄고 있다는 사실을 적시하고 있다. 몇주 후, 이 위원회는 7월에 어떤 단일 계약자가 뉴욕 상업 거래소에서 취급된 석유 거래 계약 중 11퍼센트 이상을 차지하고 있음을 밝혔다. 위원회는 이 회사의 이름을 명시하지 않았으나 이후 〈워싱턴 포스트〉가 스위스 회사인 바이톨^{Vitol}을 그 주인공으로 지목했다.

생각이다. 이런 사람들의 결론은 경제는 무한히 성장할 것이며 결코 에너지 공급문제로 제동이 걸리지 않을 거라는 것이다. "우리로선 이 풍요가 어디서 오는 것인지 알 길이 없다…… 단지 우리가 알고 있는 것은 그게 나오고 있다는 사실 뿐……."《포천Fortune》지의 편집장인 숀 털리Shawn Tully의 이 말은 '풍요' 철학을 간명하게 설명하고 있다.

털리 일파들은 2008년 가을 유가가 그 전 7월의 최고치에서 무려 1/3로 급락한 뒤에 꽤나 으쓱해진 듯했다. 허나 이 하락은 경기가 활황에서 불황으로 역전한 데 따른 것이었고, 그로 인해 석유 수요가 급감했던 것이다. 시장을 몇몇 거물들이 주무르기는 하지만 털리가 생각하는 대로는 아니다. 털리의 가정, 즉 "충분한 양의 석유가 새로 발견됨으로써 전 세계의 경제성장과 꾸준한 수요증가에 부응할 것이다."라는 생각은 검증이 필요하고, 그런 신비의 유정은 아직껏 발견되지 않았다.

이데올로기가 지배하는 편향된 반쪽짜리 분석으로 인해 풍요론자들은 많은 것을 놓치고 있다. 이를테면, 그들은 석유의 흐름에 현실이 가하는 여러가지 압력을 제대로 감지하지 못한다. [예를 들어, 석유 생산을 크게 좌우하는 힘은 석유회사가 아닌 국가들이 쥐고 있다. 따라서 그 생산은 경제(학)만큼이나 정치(학)에 의해서도 영향을 받는다.] 더욱 중요한 점은, 세계의 가장 풍요한 유전들에서조차 생산량이 급감하고 있는 현실이 풍요론자들의 주장과 전적으로 배치된다는 점이다. 세계 최대의 유전들이 고갈되고 있다는 사실만큼 큰 반증은 없다. 세계 석유 필요량의 약 절반을 전체 유전의 2퍼센트, 즉 4천 개 중 규모가 가장 큰 100여 개 유전이 채워주고 있다. 이 대형 유전에 관해 알아야 할 대단히 중요한 몇 가지 점들이 있다. 우선, 이들 중 극소수만이 비교적 근래에 발견됐다는 점이다. 역사상 가장 풍요로웠던 유전들 대부분은 급격하게 회복 불가능한 생산량 감소를 보이고 있다. 발견 초기에 생산량이 정점에 도달했다가 가파른 속도로 떨어지는 것이 모든 유전의 공식처럼 되고 있다.

텍사스의 거대 유전들로 인해 미국은 한동안 세계 최대의 원유 생산국 자리에 있었다. 그리고 미국인들은 절대 마르지 않는 공짜 에너지 샘을 확보하고 있다며 안심했다. 정부는 수 년 동안 이 유전들이 일정량 이상을 생산하지 못하도록 규제했다. 이 대단한 자산 속에 국내 경제가 아예 풍덩 빠져버릴까 두려웠기 때문이다. 1969년이 되어서야 생산 상한선은 폐지됐다. 그때는 사우디 아라비아의 유전 국유화가 임박한 시점이었다. 여러 불길한 신호들이 감지 됐고 뭔가 큰 재앙 덩어리가 쇄도할 듯했다. 텍사스에서 석유가 솟구친 지 얼마 안 되어 이 지역 유전들의 생산은 최고치에 도달했다. 그리고 그 뒤로는 지속적으로 하향세가 이어졌다. 이는 미국 내 원유 총생산 곡선과 일치하는 것이었다. 1970년에 미국은 매일 1천 50만 배럴의 석유를 뽑아내며 최고점을 기록했다. 그후 개선된 시추, 탐사 장비와 하이테크 채굴기법을 동원해서 최대한 빨아올리려고 하지만 현재 텍사스의 원유 생산량은, 우리가 살아가며 쓰게 될 양에는 어림도 없는 수치이다.

1970년대 중반, 미국이 새로이 등장한 석유 지배자들에게 밀려 에너지 통제력을 잃고 궁지에 몰렸을 때 알래스카의 프루드호 만 Prudhoe Bay이 구원투수처럼 등장했다. 프루드호는 어마어마한 원유 저장고였다. 이른바 초거대 유전이었다. 이 유전은 석유를 둘러싼 지구 차원의 게임 판도를 바꿨으며 미국은 가뿐하게 1위 자리로 복귀할 수 있었다. 어쩌면 강한 최면 작용을 했는지도 모르겠다. 석유가 풍부하게 있다는 안도감에 휩싸여 행복한 잠을 잘 수 있었으니까. 프루드호는 짧은 기간 안에 생산량을 엄청나게 늘렸고 그 이후 거의 10년간 매일 150만 배럴씩 안정적으로 생산했다. 그러다가 1988년 이 안정선이 무너졌다. 영광의 시절이 끝나고 20여 년이 흐른 지금 프루드호 만 유전은 한때 자신이 기록했던 최고치의 20퍼센트 밖에는 뱉어내지 못하고 있다. 그리고 이마저도 점점 줄어드는 추세다. 우린 아마도 향후 몇십 년간 이 유전이 완전히 마를 때까지 짜고 또 짤 것인 바 그 동안은 중요한 에너지 샘으로 남아 있을 것이다. 허나 그 양은 보잘 것 없으리라.

프루드호라는 '구원의 신'은 그게 생산력을 유지하는 한은 좋았다. 그러나 지금 미국은 매일 120만 배럴씩 부족하다. 이 부족분을 다른 어딘가의 석유로 보충해야 한다. 고갈이란 하루 하루 흘러가는 동안 미국이 외국의 에너지원에 점점 더 의존하게 되는 상황에 다름 아니다. 프루드호 만은 약간의 위안거리에 그치고 말았다.

북해 원유 또한 아주 적절한 시기에 발견되고 채굴됐다. 이 귀한 비^{非}OPEC산 석유의 막대한 공급은 전 지구적 자본주의가 필요로 하던 바로 그때 이루어졌다. 노르웨이와 영국 외해의 이 거대한 유전은 1970년대 내내 석유를 뿜어냈고 첨단 채굴 기법의 시연장이 됐다. 그리고 1980년대에 생산의 정점에 도달했다.

영국의 유명한 포티스^{Forties} 유전은 지금 전성기 때의 10퍼센트 정도 되는 양을 생산한다. 브렌트^{Brent}유전도 아직 원유를 생산하고 있지만, 노르웨이의 대형 유전인 에코피스크^{Ekofisk}, 오세베르크^{Oseberg}, 굴팍스^{Gullfaks}유전은 한때 최고 생산량의 20퍼센트에 해당하는 양만을 생산하고 있다. 북해 해저에서 엄청난 양으로 원유가 쏟아지던 시절은 이제 저물고 있다. 사우디아라비아에 이어 세계 2위의 산유국인 러시아도 안간힘을 다해 생산량을 유지하려고 하고 있지만 대표적인 유전들엔 이미 고갈의 암운이 드리워지고 있다. 예를 들어, 러시아의 초대형 유전인 사모틀로르^{Samotlor}의

동력화의 슬픈 꿈 | 187

경우 하루 3백만 배럴 넘게 생산하다가 30만 배럴 정도로 생산량이 급감했다. 유가의 폭락은 2008년 말 현재 그렇잖아도 취약한 러시아 경제를 으스러뜨리고 있다.

2008년 8월 멕시코의 국영 석유회사인 페멕스^{Pemex}는 그들의 기함이며 서반구에서 가장 크고 중요한 유전인 칸타렐^{Cantarell}이 매년 36퍼센트라는 놀라운 비율로 생산량이 격감하고 있는 중이라고 밝혔다. 멕시코의 석유 딜레마는 미국이 겪고 있는 딜레마이기도 하며 일국의 차원에서 나타나고 있지만 전 지구적 딜레마라고도 할 수 있다. 멕시코 최대의, 가장 생산성 높은 유전의 고갈은 이 나라의 다른 어떤 지역에서 퍼올리는 석유로도 그 손실분을 메울 수 없다. 페멕스는 '거대한' 칸타렐이 고갈돼가는 것만큼 빠른 속도로 새 유전을 찾아낼 수는 없다. 이렇게 되면 멕시코 경제의 중요한 축인 대미 원유수출은 계속 줄어들 것이다. 이런 속도라면 멕시코는 몇 년 안에 자국 원유를 모두 소진할 것이며, 자연히 이 나라는 석유 수출국에서 수입국으로 변모할 것이고 이는 매우 중대한 결말을 초래할 것이다.

전 세계의 석유 고갈을 놓고 계산을 하는 일은 그리 편치 않은 일이다. 수많은 일급 유전들의 생산량 감소를, 채굴비용이 많이 드는 아래 등급 유전의 생산량으로 보충하고 있다. 세계 석유 생산의 양태는 한 걸음 나가면 두 걸음 후퇴하는 격이라고 할 수

188 | 우리가 자전거를 타야 하는 이유

있다. 엄청난 양을 뽑아 내던 거대유전들이 생산을 멈추게 되면 다른 현존 유전들이 하루에 440만 배럴씩 추가 공급해야 할 것이라고 미국 에너지 정보 기구$^{Energy\ Information\ Administration}$가 말하고 있는데, 이마저도 가장 적게 추산한 것이다. 10년 후에 우리는 매일 4천4백만 배럴을 생산할 수 있는 새로운 유전들을 확보해야 한다. 이는 현재 우리가 사용하고 있는 양의 두 배 이상이며 전 세계 석유 소비량의 절반이 넘는다.

노상의 파이, 유모혈암^{shale} 개발

석유 대 물, 어떤 게 더 좋은가?

퍼뜩 생각나는 게 있을 것이다. 콜로라도 로키산맥의 서쪽 사면 하단부, 사막이 산맥으로 이행해가는 중인 지역에 그린 리버$^{Green\ River}$라고 부르는 거대한 지질학적 형성물이 있다. 이 그린 리버 층은 수백만 년 전 이곳이 얕은 바다였을 때 살았던 작은 동물들과 다엽식물들의 잔해가 쌓여 형성됐다. 비가 오면 그린 리버 혈암^{shale} 층은 당밀죽처럼 걸쭉하게 변해 그 길을 가는 자동차나 자전거의 발을 묶어버린다. 이런 동식물의 사체가 땅속 깊숙이 묻혀 수백만 년 동안 열을 받으면 석유가 되는 것이다. 그런데 그린 리버 퇴적층을 '유혈암$^{oil\ shale}$' 층이라고 부르는 것은 잘못된 것이다. 이 형성물이 제공하는 대부분의 것은 케로겐^{kerogen}(유모^{油母})으로 1천 도의 고열을 오랫동안 받아야 겨우 '석유와 유사한 물질' 곧 석유 주니어라고 부를 수 있는 것으로 변화할 뿐이다.

로열 더치 셸$^{Royal\ Dutch\ Shell}$이 이 그린 리버 혈암 층에서 석유를 추출하겠다는 계획을 최근 발표했다. 이야말로 지금껏 대기업이 내어 놓은 계획 중에서 가장 초현실적인 안이 아닌가 생각한다. 그들은 땅에 수백 개의 거대한 전기가 흐르는 튜브를 박아 넣고, 그 상태에서 3년 동안 케로겐에 열을 가할 생각이다. 이 과정에서, 그들은 케로겐이 석유에 더 가까운 물질로 바뀌기를 희망하고 있다. 이 계획을 실행에 옮기려면 자체 발전소가 필요한데 아마도 그 주에서 가장 큰 석탄 발전소가 될 것이다. 이 회사의 추산에 따르면 그렇게 함으로써 결과적으로 하루 십만 배럴의 석유 비슷한 물질을 얻게 된다는 것이다. 이는 꽤나 많은 양처럼 들리지만 미국에서 매일 소비되는 석유 량의 200분의 1 정도를 충당해줄 뿐이다. 이마저도 좀 더 많이 생산하려면 더 큰 석탄 발전소를 지어야 한다.

따라서 콜로라도 지층에서 석유를 뽑아내는 과정은 대단히 에너지 집약적인 작업이라 할 수 있다. 순 에너지 획득량$^{net\ energy\ gains}$(투입 에너지 대 산출 에너지 비율$^{ratio\ on\ energy\ return\ on\ energy\ invested}$ 혹은 EROEI로 표시한다)은 많아 봤자 이 지층이 품고 있는 에너지 총량의 극히 일부에 지나지 않을 것이다. 어쩌면 더 중요한 사실은, 작업 중에 막대한 이산화탄소가 발생할 경우 탄소세 및 기타 환경부담금이 과중해질 가까운 미래에는 이 프로젝트 자체가 아예 무산될 수도 있다는 것이다. 석탄을 때서 돌리는 발전소는 탄소 노이로제에 걸려 있는 정치 환경에서는 구닥다리 고물 취급받을 가능성이 높기 때문이다.

또한 이런 석유 생산방식은 다량의 물을 오염시킨다는 점이 치명적이다. 석유 1배럴당 물 3배럴이 오염될 것이다. 게다가 "사용된 혈암찌꺼기에서 침출된 염분과 각종 유독물질이 이 지역의 지표수를 오염시킬 것이다."[유모혈암 작업이 물을 오염시키고 허비할 것이라는 점은 특별히 언급할 필요가 없는 자명한 사실이다. 석유대 물의 구도는 석유 산업 분야에선 대단히 낯익은 그림이다. 이와 관련해서 좀 더 분명한 예는 이른바 수력 파쇄공법$^{\text{hydraulic fracturing}}$(석유를 품고 있는 암석에 물과 모래 혼합물을 고압으로 분사해서 그것을 부순 다음 석유를 빼내는 공법- 옮긴이)에서 찾을 수 있다. 1950년대 이래 핼리버튼^{Halliburton} 같은 회사들은 초고압의 물과 모종의 화학물질을 석유나 석탄, 천연가스가 들어 있는 지층에 분사해서 암반에 균열을 내고 내용물을 용이하게 채굴했다. 이런 공정이 널리 행해졌지만 환경에 어떤 악영향을 끼쳤는지는 제대로 연구된 바가 없다.]

셸 사의 프로젝트 같은 것들은 해당 회사에게 상당한 양의 돈다발을 안겨줄지는 모르겠지만, 사회에는 부담만 줄뿐더러 환경비용이 이익을 압도하는 것을 생각하면 획득한 순에너지의 양도 상대적으로 극히 미미하다고 봐야 할 것이다. 석유 회사들이 환경을 엉망으로 만들고 있고, 끈질긴 선전으로 우리의 머릿속을 엉망으로 만들고 있으며, 매수와 로비를 통해 정부 활동을 엉망으로 만들고 있다고 비난하는 일은 참 쉬운 일이다. 하지만 그들은 석유회사라면 응당 해야 할 일을 하는 것뿐이다. 어쩌면 이들이 이런 일들을 하지 않는 경우를 걱정해야 할지도 모르겠다. 우리의 모습을 보자. 셸이 땅 속에서 뽑아내는 석유를 우리는 마지막 한 방울까지 태우고 있고, 다 소비한 다음에는 또 달라고 한다. 이른바 수요라는 것이다. 정부는 자신들의 의무인 공공선 보호에 실패했다. 이들은 우리의 대표자(이거나 대표자가 지명한 자들)이다. 우리는 그들을 뽑고, 눈감아주고, 감옥에 가두지도 않는다. 문제는 우리의 정면에 있다. 우리가 마주하고 있는 거울 속에 비치는 자신의 모습이 바로 문제인 것이다.

'유모혈암 자원' 개발을 위해 벌어지고 있는 현행의 일들은 이 나라가 석유를 소비하는 일에 얼마나 불합리하고 자기 파괴적인 열정을 쏟는지, 정확히 석유가 아님에도 그 비슷한 것이면 비용이 얼마가 들어도 캐내고 만들어내고 태우려 하는지 보여주는 가장 명징한 사례다. 소비 충동, 그것을 충족하기 위해서 자기 자신의 파괴도 서슴지 않는 태도는 중독에 대한 임상학적인 정의와 딱 일치한다. 그랜드 정크션$^{Grand\ Junction}$(미국 콜로라도 서부의 도시- 옮긴이) 주변에서 케로겐을 찾아 뒤지는 일은 헤로인 중독자가 양귀비 씨앗을 탈취하려고 빵가게를 습격하는 것과 비슷할 뿐, 그 이상 아무것도 아니다.

만일 당신에게 물을 가지고 석유로 바꿀 능력이 있다면 그렇게 하겠는가? 콜로라도의 케로겐 에피소드는 우리로 하여금 인간성의 가장 비천한 면을 정면으로 직시하게 한다. 거울에 대고 자신의 모습을 오래도록 진지하게 볼 시간이다.

대체 문구

에너지와 관련해서 어마어마한 변화를 볼 수 있는 부문이 있다면 아마도 '불평불만' 부문이라고 할 수 있겠다. 불평을 표현하는 문구들은 이제 일정한 경지에 올라 있다. 예를 들어 "주유펌프는 고통을 주입한다$^{Pain\ at\ the\ Pump}$"라는 문구가 있다. 이 문구는 2007-08년에 무지막지하게 많이 쓰였다(구글에서 이 문구로 검색해보면 2008년 7월 현재 관련 게시물이 50만 건 이상 뜬다). 처음

동력화의 슬픈 꿈 | 193

나올 때보다는 빛이 많이 바랬지만 그래도 아직까진 상당한 광택을 유지하고 있다. 초췌해진 모습으로 주유 차례가 오기를 기다리는 모습을 기발하게 표현한 문구들도 많은데, 그중에 몇 가지만 임의로 추려보자. "노즐만 보다가 노곤해진 신경$^{\text{Nerves at the Nozzle}}$", "주유소에 주구장창 묶여 있는 몸$^{\text{Strapped at Station}}$", "가솔린의 우물을 보고 있으면 가여워지네$^{\text{Whining at the Well}}$", "분출하는 연료에 분출하는 환성$^{\text{Sputtering at the Spout}}$", "기름탱크 옆에서 눈물로 기도하리$^{\text{Tears at the Tank}}$"……. 분명한 것은 이 중 어떤 것도 "주유펌프는 고통을 주입한다"라는 문구를 대체하기가 어렵다는 사실이다. 우리는 진정으로 그걸 해결할 수 없을 것이다. 희망컨대, 그 고통이 당분간 잠잠해지길 바랄 뿐이다.

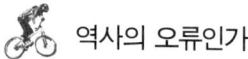 역사의 오류인가

어떤 특정한 시기의 사람들이 파도처럼 기시감$^{\text{déjà vu}}$으로 다가 올 때가 있다. 1970년대, 오늘날 우리가 그러는 것처럼 사람들이 중동에 대한 석유 의존을 놓고 목청을 드높이는 중이다. 그러고 나서 그들은 태양광과 경차 도입에 대한 열띤 논의를 한다. 누군가는 전 세계적인 석유 생산 곡선이 곧 정점에 도달할 거라고 경고

하기도 한다.

우리 모두는 그 다음에 무슨 일이 일어났는지 잘 알고 있다. 석유생산은 최고점을 치지 않았다. 심지어 그 근처에 가지도 않았다. 사실을 말한다면, 유가는 시시할 정도로 다시 급락했고 물처럼 흘러갔다. 우리가 현재 알고 있는 것처럼, 석유 수요는 1970년대 유가충격 이후 감소했다. 특히 1979년 위기 이후로 상당히 크게, 장시간 동안 위축됐다. 그러다가 수요가 다시 살아나서 유가는 많은 이들이 불가능한 가격대라고 생각했던 수준을 넘어 버렸다. 사람들이 최근의 경고에 빈정대는 게 전혀 이상할 것이 없다. 그 소리는 마치 우리가 1970년대에 귀에 못이 박히도록 들었던 소리와 미심쩍게도 비슷하기 때문이다. 사실 판탈롱 바지의 유행만 제외하면 그때나 지금이나 완전히 똑같다고 해야 할 것이다.

1973년의 석유 위기는 아랍 산유국들이 그 해의 아랍-이스라엘 전쟁(10월전쟁 혹은 욤 키푸르$^{Yom\ Kippur}$전쟁)에서 이스라엘 편을 든 미국과 네덜란드에 보복삼아 수출을 금지한 결과였다[2]. 금수 조치는 오래가지 않았지만 이로 인해 미국, 유럽, 일본의 경제가 요동을 쳤다. 그때까지만 해도 이란이 손아귀에 들어 있던 터라 미국은 유럽이나 일본에 비해 다소 여유가 있었다. 이 위기는 유럽과 일본에 운송 및 에너지 정책을 근본적으로 바꿀 것

---

2 유독 네덜란드가 찍힌 이유는 이 나라 정부정책이 유럽에서 가장 친이스라엘 적이어서가 아니라, 유럽 북부로 공급되는 석유의 대부분이 로테르담 항구를 통해 들어왔기 때문이다.

을 요구했다. 반면에 미국은 석유를 물쓰듯 하는 정책을 그대로 고수했다.

이 위기를 좀 더 가까이에서 들여다 보면 그것이 전 세계적인 석유 생산의 감소와 폭발적인 수요증가라는 맥락에서 일어났음을 알 수 있다. 세계의 석유 생산량은 이미 그 몇년 전에 정점을 지난 터였다. 1970년에서 1978년 사이에 전 세계 석유 수요량은 하루 약 4천 5백만 배럴에서 약 6천5백만 배럴로 증가했다. 아랍 산유국들은 1967년 전쟁 동안 서방진영에 수출을 금지했었다. 그러나 당시에는 미국의 원유 생산력이 왕성했던 터라 별 효력을 거두지 못했다. 그렇지만 1973년은 시장 상황이 크게 악화된 가운데 미국이 OPEC의 선의에 기대지 않을 수 없던 때였다.

1979년 이란은 '엉클 샘'의 품을 박차고 나갔다. 이 사건과 관련해서 여러 가지 일들이 많았지만, 특히 이슬람 원리주의자들이 '친애하는 국왕^{Shah}'을 축출한 일이 가장 영향이 컸다. 이로 인해 하루 400만 배럴의 석유가 뚝 끊겼다. 이는 1973년 위기보다 더 격심한 에너지 난국이었다. 유가는 하늘로 치솟아 1980년에는 배럴당 40달러를 넘겼다. 인플레이션을 계산에 넣어 2008년 달러로 환산해보면 110달러 정도에 해당하는 금액이다. 그 결과는 우리가 익히 알고 있는 내용이다. 주유소 앞의 장사진, 카디건 입기, 긴 불황. 지미 카터는 미국인들의 에너지 소비 행태를 감히 바꾸

196 | 우리가 자전거를 타야 하는 이유

려 했다는 죄로 십자가 처형을 받았다.

이런 위기들을 겪었음에도 사람들은 세상이 끝나지 않았음을 알았다. 공급의 위기는 세상을 바꿀 만큼 정점에 달하지는 않았다. 충격을 받고 한동안 검소한 생활방식을 지키는가 싶더니 얼마 지나지 않아 잊기 시작했다. 사람들은 더 크고, 기름을 더 많이 먹는 자동차를 몰기 시작했으며 별 생각없이 연료 탱크를 가득 채우곤 했다. 1970년대 중반 알래스카의 프루드호 유전과, 북해 유전, 멕시코의 칸타렐 유전이 생산대열에 동참했기 때문이다. 신규 거대 유전들이 게임의 판도를 바꾼 것이다.

그리고 사우디아라비아가 있었다. 미국 내 원유 생산량의 부족분을 채워주기 위해 사우디아라비아는 미친 듯이 석유를 퍼올렸다. 1965년에는 하루 250만 배럴이 고작이었지만 1974년에는 매일 8백만 배럴 이상을 뽑아냈다. 세계를 좌우하는 지배적인 산유국인 사우디 왕국은 수십년 동안 미국의 요구에 지극히 고분고분했다. 1979-80년 에너지 위기 때도 그랬고, 그로부터 10년 후 이라크의 쿠웨이트 침공에 따른 걸프전 발발로 하루 5백만 배럴 이상 석유 생산량이 격감할 때도 사우디는 자신들의 유정을 전면 가동해서 세계 시장을 안정시켰으며 가격이 요동치지 않게 붙잡아 주었다. 이란혁명 이후 한동안 그들은 매일 1천만 배럴씩 퍼냈다. 걸프전 기간 중에도 다시 배출구를 활짝 열고 생산량을 하루

300만 배럴 이상 늘렸다. 사우디가 이런 엄청난 증산 능력과 의지를 보여줌으로써 사람들은 그 나라가 항상 그런 능력과 의지를 갖추고 있다고 믿게 됐다.

만일 현재의 에너지 사태가 앞서의 두 건과 성격이 비슷하다면, 초과 생산으로 유가가 떨어지면서 이 위기는 절로 해소될 것이다. 또한 이렇게 되면, 경제 호황기가 다시 도래할 때 으레 그렇듯이 이전의 소비 수준을 훨씬 상회하는 증가세가 재개될 것이다. 허나 진실은, 무슨 일이 일어날지 아무도 확실히 모른다는 것이다. 산유국들은 현재 고갈 중인 노쇠 유전에서 어떻게 해서라도 기존의 생산량을 유지하려고 애쓰지만 매일 8천6백만 배럴 이상의 양을 꾸준히 퍼낼 가능성은 점차 요원해지고 있다. 국제 에너지 기구$^{International\ Energy\ Agency}$(OPEC의 석유 감산에 대응하고자 주요 소비국들이 만든 기구로 OECD 산하에 있음-옮긴이)는 하루 1억 배럴 이상 생산도 가능하다고 하지만, 이야말로 정신 나간 몽상이 아닐 수 없다. 이런 식으로 이야기 하는 사람들이 장발의 마약 중독자들이 아니고 다들 멀쩡한 사람들이라는 점이 놀라울 뿐이다. 코노코필립스$^{Conoco\ Phillips}$의 CEO인 제임스 멀바$^{James\ Mulva}$는 2007년에 이런 말을 했다. "내 생각으로는, 하루에 1억 배럴 이상 공급은 어려울 것이다. 그렇게 보는 이유? 도대체 그 많은 석유들이 어디서 솟아나겠는가?"

어쩌면 우리는 이런 석유 대란들을 철저하게 다른 방식으로 생각해볼 필요가 있다. 이 위기들은 별개의 것들이 아니라 커다란 위기의 한 부분들일 가능성이 높은 것이다. 물론 이건 전혀 새로운 얘기가 아니다. '큰'위기의 발발 시점은 최소한 1970년대까지 거슬러 올라간다. 미국의 석유 생산이 최고점에 달했던 때이다. 혹은 1950년대까지 올라갈 수도 있다. 그때는 국내에서 생산한 석유만으로 에너지 수요를 달래는 데 최초로 힘이 부쳤던 시기이다. 지금 허우적대는 상황의 뿌리는 적어도 반세기 전까지 뻗어 있는 것이다.

 유럽에서 생긴 일

치료법은 유가를 낮추는 데 있지 않다. 반대로 대폭 인상을 해서 석유 중독증을 아예 깨뜨려야 한다.

안데르스 포그 라스무센Anders Fogh Rasmussen, 덴마크 총리, 2008

유럽과 미국의 차이점은 운송 부분에서도 나타난다. 나라마다, 도시마다 편차가 있기는 하지만 유럽인들이 자전거로 통근하고, 자전거를 운송 수단으로 사용하는 비율은 미국인들보다 10배에서 20배 정도 높다. 코펜하겐 같은 경우는 전체 탈것 중에서 자전거의 운송 분담률이 놀랍게도 50퍼센트나 된다. 왜 그럴까?

몇 가지 이유가 있다. 유럽의 도시에도 교외라는 지역이 있기는 하지만 노동인구는 주로 자신들의 직장 근처에 거주한다. 이 도시들은 출퇴근 교통분담의 기여도가 높은, 제대로 된 자전거 전용 도로망을 갖추고 있다. 그리고 가솔린은 (미국보다) 훨씬 비싸다. 미국처럼 매장석유의 축복을 받지 못했기 때문이다. 이들은 1970년대 초반의 에너지위기 때 자신들의 취약성을 절감하자 연료세를 대폭 올려 사회의 운행 방식을 근본적으로 바꿔 놓고자 했다. 북해에서 노다지가 터질 때쯤에는 이미 중동에서 석유를 수입할 필요성이 상당히 사라진 후였다. 물론 러시아가 아직까지 천연가스를 가지고 그들의 목줄 일부를 잡고 있기는 하지만 말이다.

운송수단으로서 자전거를 대하는 유럽인들의 태도는 섹스를 대하는 그들의 태도와도 흡사하다. 미국인들과 비교해서, 그들은 그런 것에 그렇게 환장하지 않는다. 설혹 여성의 맨 가슴을 본다 해도 그들은 비비 원숭이들처럼 꺅꺅대지는 않는다. 자전거를 타고 있는 어떤 남성을 본다 해도 그에게 바짝 다가가 "와아 랜스Lance(미국의 유명 자전거 경주 선수였던 랜스 암스트롱-옮긴이)다!"라고 소리 지르지 않는다.

유럽의 도시들이 갖추고 있는 통행 시스템들을 보면 놀라지 않을 수 없다. 네덜란드, 덴마크, 핀란드, 노르웨이, 독일인들이 창조

200 | 우리가 자전거를 타야 하는 이유

코펜하겐 거리의 자전거와 자동차

해낸 자전거 교통 시스템을 보면 충격을 받을 정도이다. 나는 그들이 이룩해 놓은 것을 대단히 좋아한다. 그러나 그들이 구축한 통행 시스템이 자전거 이용자들에게 가장 좋은 인프라라고 확신할 수는 없다. 예를 들어 암스테르담의 자전거 통로 패러다임은 훌륭한 것이다. 그건 일종의 슬로라이프 방식이라고 할 수 있다. 즉 속도를 낼 수 없고, 흐름이 방해받고 제한이 많은 방식인 것이다. 이에 비해 미국의 라이더들은 유럽의 동지들보다 많은 위험에 직면한 채 라이딩을 한다. 우리는 확실히 도로에서 환영받지 못하는 존재들이지만, 도로 위에서 그들보다 자유롭다. 좀 더 빠르게, 좀 더 활기차게 달릴 수 있기 때문이다. 이런 식의 장단점을 상호 비교하다 보면 어떤 것이 더 좋은 것이고 또 그렇지 않은 것인지 단언하기가 어렵게 된다.

미국에서 교통수단으로 자전거를 이용하는 사람들은 거리 위에서 스스로 자신의 자리를 확보하려는 경향이 있다. 이렇게 하는 일 외엔 별 대안이 없다. 그리고 조만간 대안이 나타날 것 같지도 않다. 우리가 겪고 있는 경제난 때문에도 그렇고 이 나라 사람들이 자동차에 들이는 정성이 미래에도 수그러들 것 같지 않아 보이기 때문이다. 자전거 인프라 구축이 큰 힘을 받을 수 있는 계기가 있다면 새 대통령 정부가 들어서면서 뭔가 강한 자극 거리를 제시해야겠다고 생각할 때일 것이다. 그러나 그렇다 해도 미국에서는 그 어떤 도시도, 심지어 자전거에 엄청난 관심을 보이는 도시라 할지라도 북유럽의 자전거 통근자들이 향유하고 있는 것 같은 광범위한 자전거 통행 시스템을 제공하지는 않을 것이다.

최선의 시스템은 거리에서 자동차와 뒤섞인 상태에서 자전거를 타는 라이더의 권리를 유지하고 증진해줄 수 있는 것이어야 한다고 나는 믿고 있다. 이것이 실제로 구현되는 모습을 보면 자동차 도로망 아래나 강, 운하, 철로변을 따라 설치된 자전거 통행로 등으로 나타나고 있다. 이게 효과적이기 때문이다. 이런 식의 통로들은 가장 선호하는 인프라 형태다. 자전거 이용자들로 하여금 정지 신호, 보행자 신호, 교차로 등과 마주치지 않고 도심을 가로지를 수 있도록 하기 때문이다. 이 같은 시스템이 대서양 양안에서 공히 가장 좋은 것으로 평가받고 있다.

이런 혼성 시스템은 미니아폴리스, 샌프란시스코, 덴버 등지에서 이미 작동 중인 것들과도 크게 다르지 않은 것이다. 자전거 관련 인프라가 크지 않은 여타의 도시 중에서도 대규모는 아니지만 대단히 유용하고, 독립된 자전거 통행로를 갖추고 유지하는 곳들이 있는데, 실용적이고 비교적 큰 돈 안들이고 자전거 운송 기능을 증진한다는 측면에서 보면 대대적으로 새로운 표지를 설치해서 자동차-자전거 도로 공유에 상당한 공을 들이는 도시보다 훨씬 나은 전략을 채택하고 있는 것이다. 완벽하지는 않겠지만 나름대로 중요한 긍정적 충격을 줄 수 있다. 갑자기 포틀랜드를 올루^{Oulu}(핀란드의 도시로 헬싱키 북쪽 500km지점에 위치, 인구 13만의 첨단 기술 및 IT, 예술 도시로 이름 높다- 옮긴이)로 바꾸고자 한다면 아무 것도 해낼 수 없을지 모른다. 자전거나 그 운행방식에 관한한 유럽적인 접근법에 바람직한 부분이 많기는 하지만, 그들의 길을 그대로 밟는 것에는 신중할 필요가 있다. 자전거 타기의 미국적인 방식이 있다면, 이걸 개선할 필요는 있어도 근본까지 바꿀 필요는 없는 것이다.

 새로운 비전

수많은 미국인들이 지금 바로 이 순간 도심 교통망에 갇혀 오도 가도 못한 채 매연을 들이마시고, 연료 계기판 바늘이 내려가는 걸 지켜보면서, 자신들이 현재 택하고 있는 통행 방식에 대해 온갖 생각을 다해보며, 맥심이 겪었던 정신적 격변을 (역으로) 경험하고 있다는 사실이 놀랍지 않은가? 여기서 누가 어떤 비전을 가질 수 있을까? 교통정체는 자동차의 기능향상과 비례해서 더 심해졌고 꿈과 현실 사이의 간극은 더 넓어졌으며, 자동차를 모는 자들의 불만과 좌절을 격화시켰다. 운전자들은 좌석에 앉아만 있는 자들이 되어버렸다. 맥심이 세일럼과 린 사이의 노상에서 크랭크를 내려다보며 자신이 보유한 인간 동력의 한계를 한탄하던 것과는 반대로, 그들은 자신의 널찍하지만 움직이지 않는 승용차, 트럭들을 둘러보며 어떻게 해서라도 움직이기만 하면 좋은 탈것을 상상하고 있지 않을까? 하여 뇌의 가장 깊은 곳에서 이 꽉 막힌 도로를 돌아가거나 헤집고 갈 수 있는 어떤 얇실한 탈 것의 이미지를 떠올리고 있지 않을까?

혼잡과 통제-면허, 보험, 규정, 신호, 차선, 속도제한 등등-라는 현실 앞에서 소위 자동(차)화된 우리의 통행 속도는 오히려 뚝 떨어졌고 뭔가 단단히 위축된 듯하다. 자동차를 몰 때 느끼던 흥분과 짜릿함의 대부분은 어디론가 사라져버렸다. 그래서 자동차는…… 보행자가 되어가고 있다. 자동차가 그토록 많은 시간 동안 움직이지 않으니 어떤 모험도 흥분도 있을 리가 없다. 움직이고 싶으나 그럴 수 없는 차 안에서는 대신 DVD플레이어, 네비게이션 장치, 이런 저런 심심풀이용 물건들이 필수품이 되고 있다. 차량 내 설치용 비디오 스크린은 교통정체 현상의 심화에 비례해 더 확산되고 있다. 심지어 모터사이클 라이더(사실상 전용차로가 시행되고 있는 캘리포니아를 제외하면 노상에서 큰 제한이 없는)가 움직이지 않는 차 옆에 바짝 붙어서 한쪽 다리를 보도 턱에 받친 채 미처 다 보지 못한 〈와일드 번치 Wild Bunch〉(샘 페킨파 감독의 1981년 서부극- 옮긴이)의 마지막 부분을 도둑 감상하게 될지도 모른다.

정치 칼럼니스트인 로버트 노박 Robert Novak 은 2008년 7월 23일, 일하러 가는 길에 보행자를 차로 쳤다. 그 보행자는 녹색 신호를 받고 길을 건너다가 신호가 빨간불로 바뀌는 순간 노박의 차에 치었다. 목격자에 따르면 그의 몸은 공중으로 솟구쳤다가 코르벳의 엔진 덮개와 앞유리 쪽에 부딪친 다음 땅으로 굴러 떨어졌다. 노박은 계속 차를 몰고갔다. 데이비드 보노 David Bono (앞서 말한 목격자임)라는 이름의 자전거 통근자가 노박을 뒤쫓아 갔다. 워싱턴의 교통체증이 워낙 심한지라 가다가 서 있는 코르벳을 따라잡는 일은 어렵지 않았다. 보노는 자신의 몸과 자전거를 노박의 차 앞에 바싹 붙이고 이 칼럼니스트가 뺑소니치지 못하게 막았다. 보노는 노박이 내릴 때까지 그럴 작정이었다고 했다. 결국 노박은 차에서 나와 경찰을 기다리는 신세가 됐다. 나중에 그는 양보하지 않았다는 죄목으로 50달러짜리 딱지를 떼고 순찰차 안에서 나왔다. 86세의 피해자는 어깨뼈 탈골상을 입었지만 자신을 친 운전자가 누군지를 알고 득의양양해졌다.

매일 매일 이와 유사한 수백 건의 자동차-보행자 충돌 사고가 경찰 일지에 기록되고 있다. 2008년에는 총 6만에서 7만 건 정도가 발생한 것으로 보고 있다. 개중에는 치명상이나 사망 사건이 4-5천 건은 될 것이다. 그리고 이런 사고가 나면 운전자의 약 1/5이 뺑소니를 친다.

노박은 이 사건 이후에 워싱턴에서 가장 경멸받는 언론인 중 한 명이 됐다. 그에게는 '어둠의 왕자'라는 별명이 붙었다. 그 훨씬 전인 2003년 그는 CIA 요원인 발레리 플레임$^{\text{Valerie Plame}}$(발레리 플레임 월슨은 부시의 이라크 정책에 반대하던 전 이라크 주재 대리 대사인 조셉 월슨의 부인으로 CIA 비밀요원이었으나 이들 부부의 행동에 불만을 품고 있던 부시 행정부측 인물들이 그녀의 신분을 언론에 노출시킴으로써 정보원 활동을 자연 정지시킨 사건, '리크^{leak} 게이트'라고도 부른다- 옮긴이) 축출에 일조한 혐의로 세인의 엄청난 비난을 받았다. 블로거들은 연일 노박 때리기 잔치를 벌였다. 뺑소니를 쳤을 뿐만 아니라, 그 사건을 대충 무마하려 했다는 것이었다. 이 사건 자체가 일종의 거대한 상징처럼 되어버렸다. 조롱과 야유가 사방에서 그에게 쏟아졌다.

  노박은 자신이 친 사람을 보지도 못했고 그런 충돌이 있었는지 아무런 느낌도 받지 못했다고 강변했으며, 이 모든 것을 자신의 좋지 않은 건강 탓으로 돌렸다. 실제로 이 일이 있은 지 며칠 후에 그는 큰 악성 뇌종양 판정을 받았으며 6개월에서 1년 정도밖에는 살지 못할 거라는 말을 듣게 된다. 이런 조건이라면 확실히 인지 기능에 문제가 올 수도 있고 코르벳 같은 차를 신나게 몰면서도 보행자에게 신경을 써야 하는 일을 수행하는 데 장애가 발생할 수도 있을 것이다. 그래서 나는 이 경우에는 그가 어느 정도의 관용을 받을 만하다고 생각하고 있다. 물론 몇몇 목격자들은 그런 강하고 큰 소리가 난 충격을 감지 못했다고 하는 것에 대해 말이 안 된다는 반응을 보였지만 말이다.

  그런데 여기서 내가 진정으로 보여주고 싶은 것은, 자전거를 타는 사람이 혼잡한 도시에서 교통현장을 헤치고 나가는 방식이다. 이 방식은 차를 타고 있는 사람은 할 수가 없는 것이다. 검은 코르벳을 타고 있는 공격적인 운전자는 4백 마리의 말에 매인 채 오도가도 못 하고 있는 것과 같기 때문이다. 그러니 자신의 힘만으로 움직여서 가는 자전거 통근자가 쉽게 잡을 수 있는 것이다. 이 라이더는 메신저도 아니고 경륜 선수도 아니고 혼잡한 도심에서 물불 안가리고 달리는 미친 놈도 아니었다. 그저 평범한 자전거 통근자였고 사무실로 가던 변호사였다. 우리가 노박을 데일 주니어$^{Dale\ Junior}$(미국의 카 레이서-옮긴이)로, 데이비드 보노를 앞에 바구니를 단 3단 기어 자전거를 타고 가는 노부인으로 바꿔 본다 해도 결과는 같다. 자동차 천국인 나라에서 참 유감스러운 일이 아닐 수 없다.

노박의 얘기는 내가 몇년 전에 목격한 어떤 일을 생각나게 했다. 이 일은 자전거 라이더의 취약성과 뛰어난 기동성을 동시에 보여준 사건이었다. 덴버의 도심에서 자전거 열쇠를 풀고 있던 중 나는 마침 흰색 밴 한 대가 라이더 한 명을 들이받는 광경을 목격하게 됐다. 자전거는 분명히 복잡한 대로의 맨 오른쪽 가장자리를 타고 그 밴의 바로 앞에서 가고 있었다. 여기에 내가 말하고자 하는 취약성이 있다. 밴 운전자는 자전거를 추월하기 위해 차로를 바꾸려고 했던 모양이었다. 그러나 앞에서 움직이는 물체의 크기와 방향과 속도를 잘못 판단했던 것으로 보였다. 그가 고의로 칠 생각이 아니었다면 말이다. 자전거 뒷바퀴가 우그러졌고 라이더는 자신의 탈것과 한 덩어리가 되어 땅에 나뒹굴었다. 그러면서 체인링 톱니에 다리를 약간 베었다. 사고 직후, 난 부서진 자전거를 끌고 허둥지둥 현장을 빠져 나가는 사람이 친구임을 알게 됐다. 이 친구가 큰 상처를 입지 않았음을 확인한 나는 밴을 쫓아갔다. 다섯 블록을 지나서 빨간 신호등에 걸려 서 있는 그 차를 찾는 일은 쉬웠다. 자동차의 백미러에 비치고 있는 운전자의 눈이 불안감으로 떨리는 게 보였다. 나는 자전거를 타고 차들로 심한 체증을 겪고 있는 다섯 블록 구간을 그냥 그대로 내달렸다. 그리곤 차 옆 유리창에 바짝 붙었다. 난 (물론 아주 정중하게) 그에게 현장으로 돌아가라고 말했다. 그는 충돌이 있었는지도 전혀 몰랐다고 우겼다. 하지만 덜미를 잡힌 뺑소니 운전자들은 으레 그런 변명을 하는 법이다.

도심에서 뺑소니차를 추적하는 일에는 자전거가 제격이다.

 새로운 요구

자동차와 타이어, 관련 부품 제조에는 엄청난 자본이 투입되고…… 막대한 노동력이 직, 간접적으로 연루된다…… 만일 이 모든 것이 자본의 헛된 소모이고 낭비라면 대중에게 뭔가 대단히 심각한 결핍으로 나타날 것이다.

C.W 매트슨^{Matheson}, 매트슨 자동차 회사의 사주, 1910년, 이 회사가 파산하기 몇 년 전에

대부분의 운전자들은 자신들이 감내하고 있는 교통 체증을 부당하다고 생각하지 않고 그냥 아무 일 없는 것처럼 지내며 계

속 차를 몰고 나간다. 비록 매일 같이 상당시간을 자동차와 함께 거리에 갇혀버리는 결과를 낳을 지라도.

그런데 정작 운전자들이 반응을 보이는 것은 연료 가격이다. 지난 여름 사람들이 보여준 돌연한 자세 변화는 여러 전문가들을 어리둥절케 했다. 미국에서 20년 만에 처음으로 석유 소비가 준 것이다. 미국 내 석유 소비는 몇 차례 주춤거리기는 했지만 한 세기 이상 꾸준히 증가세를 보였다. 그렇기 때문에 이 전환은 뭔가 예사롭지 않아 보였다. 가솔린 수요 곡선이 정점을 지났다는 의미일까? 수요 정점 이론은 경제 성장이라는 전통 개념의 종말을 말한다. 그리고 우리가 알고 있듯이 미국 자본주의의 종말을 뜻한다.

갤런 당 4달러짜리 가솔린 때문이든 불황 때문이든, 아니면 이 둘의 결과이든 간에 2008년 사람들의 습성은 변화 모드로 들어갔으며, 애널리스트들은 계속해서 석유 소비 추세를 강박적으로 추적하고 있다. 그런데 그 수치는 과거에 그랬던 것만큼 중요한 의미를 지니지 않게 됐다. 미국은 시장을 좌지우지하는 수요자였다. 한때 석유에 대한 우리의 갈증이 시장을 움직였을지 모르나, 이젠 미국 소비자들이 결정적 영향력을 행사한다고 말하는 일이 한참 철지난 얘기처럼 들리게 됐다. 다른 어떤 나라들보다 1인당 석유 소비율이 높은 이 나라에게 이는 어쩌면 아이러니한 '발전'이라고 할 수 있다. 미국은 아직도 단연 세계 제일의 석유 소비국이지만 최근에는 엄청난 인구 덕택에 중국과 인도가 세계 석유 수요를 추동하는 신흥 거물로 부상하고 있다. 2008년도로 접어들면서 '친디아^{Chindia}'는 에너지 소비 부문에서 두 자릿수 성장을 기록하고 있다. 인도에서 대부분의 차량은 디젤을 쓴다. 이 나라에서 디젤 수요가 느는 것을 보면 기가 막힐 정도다. 《타임즈 오브 인디아$^{Times\ of\ India}$》는 2008년 8월 첸나이 지역에서의 디젤 수요가 전년도보다 35퍼센트 증가했으며, 매일 4백에서 5백 대 정도의 차량 신규등록이 이루어진다고 보도하고 있다. 그런데 이 숫자는 뭄바이의 등록 대수에 비하면 아무 것도 아니다.

중국 역시 20년 전만 해도 개인 소유의 자동차가 거의 존재하지 않았다. 얼마 되지 않았던 운전수들도 야간에는 헤드라이트를 꺼서 자전거 이용자들의 눈이 부시지 않도록 해야만 했다. 그러나 2007년 제너럴 모터스는 중국에 30만 대의 뷰익 승용차를 팔았다. 이는 미국에서 팔린 대수의 2배에 해당한다. 지금 중국에는 1천600만 대 이상의 개인 소유 차량이 있다. 그리고 이 모든 자동차는 밤에 불을 켠 채 달릴 수 있다. 자동차 대수는 폭증하고 있으나, 그 절대적인 숫자는 13억 명의 인구에 비춰보면 아직 미미하다고 할 수 있다. 면허 소지자보다 개인 소유 차량 수가 많은 미국과 비교해본다면, 중국의 '자동차화^{化}' 상황은 4천 미터 고봉의 꼭대기에서 막 굴러 내려가기 시작하는 눈덩이에 비유할 수 있을 것이다.

신흥 시장이 서구 경제와 '따로^{decoupled}' 움직인다고 생각하는, 아니면 그러길 희망하는 애널리스트들은 2008년 친디아의 성장에 자신들의 가정이 여지없이 무너지는 것을 목도해야 했다. 친디아의 질주가 향하는 곳에는 지구의 미래를 위협하는 큰 문제가 기다리고 있다. 석유 소비의 어마어마한 불균형이 현재 전 세계에서 나타나고 있다. 2007년 일본인들은 평균 1인당 14배럴의 석유를 썼다. 유럽인의 평균 소비량은 17배럴이다. 같은 해 미국인들은 평균적으로 25배럴의 석유를 소모했다. 이는 일본인들의 평균 석유 소비량의 두 배 가까이 된다.

이제 중국에서 일인당 석유 소비가 어떻게 이루어지고 있는지 볼 차례다. 상대적으로 아직은 적은 양이다. 굳이 부유한 국가들과 비교하지 않아도 그렇다. 그러나 지금 중국은 막 석유 쓰기 잔치에서 한 자리를 얻어내려고 할 참이다. 자연히 그들의 소비도 하늘로 치솟게 되어 있다. 어떻게 이 추가적으로 소용될 석유를 확보하고 캐낼 것인지, 그 미스터리는 일단 차치하자.

 **철부지 운전자들**

자전거 타기를 매우 즐기는 사람이라 할지라도 때때로 별다른 육체적인 수고를 들이지도 않아도 되는 자동차를 타기를 원할 때가 있다. 나도 그 중의 하나다. 게다가 자동차를 몬다는 것은 마치 어린시절의 꿈이 실현되는 것과도 같은데, 이게 바로 문제의 핵심이다.

예전에 나는 미친 바니 올드필드처럼 차를 가지고 놀았다. 어느 눈 오는 밤에는 4륜 구동을 시험하다가 73년형 폴크스바겐 타입 3를 소화전에 그냥 박아버렸다. 그런가 하면 74년형 임팔라가 연루된 복잡한 사고도 냈다. 디트로이트에서 지금까지 만들어진 차 중에 이 녀석보다 단단한 차체를 가진 놈을 본 일이 없다. 이 차를 몰고 고속으로 후진하다가 남의 집 울타리를 마치 성냥개비 흩트려 놓듯이 부숴버린 것이다. 그 때 그 차의 내부에 있었던 사람들이나 외부에 있었던 사람들이나 지금도 다들 내가 왜 그랬는지 영문을 몰라 한다.

청소년들은 차를 몰면서 자신들의 행위가 초래할지도 모르는 끔찍한 결과를, 어찌 해볼 수 없을 정도로 늦을 때까지 전혀 파악하지 못하는 경향이 있다. 그들이 '온 몸으로' 그 사실을 느끼게 될 때까지 말이다. 내 경우에는 그런 조짐이 매우 많았다. 물

동력화의 슬픈 꿈 | 213

론 다른 아이들이 그렇듯이 나도 그 사실을 무시했다.

 언젠가 밤에, 현관 앞 잔디밭에서 친구와 이야기를 나누고 있던 분명한 기억이 있다. 그 때 나는 아마 열네댓 살쯤 됐을 것이다. 합법적으로 운전할 수 있는 날을 기다리며 안달복달하던 무렵이었으니. 1980년대 중반, 어느 상쾌하고 조용한 여름 밤이었다. 집에서 1.5킬로미터쯤 떨어진 곳에 가파른 언덕길을 따라서 꽤 길게 이어진 내리막길이 있었다. 우리는 차 한 대가 언덕 아래로 내닫는 소리를 들었다. 대형 엔진의 부릉 부릉 하는 소리가 점점 더 빨라졌다. 난 그 차를 본적도 없었고 그 엔진 소릴 들은 적도 없었다. 하지만 지금 추측해보면, 확실치는 않지만 57년 형 세비였다고 짐작된다. 친구와 난 대화를 멈추고 이 물건이 언덕 아래로 빠르게 미끄러지는 소릴 들었다. 그러더니 큰 추락음이 들려왔다. 그리고 한번 더, 한번 더, 한번 더. 우리는 그때 우리가 듣고 있는 소리의 정체를 분명히 파악했다. 그 차가 빠르게 공중제비를 돌면서 땅에 반복적으로 부딪치는 소리라는 것을. 곧 사이렌 소리들이 들려왔다. 다음날 우리는 신문을 보고 그 차에 타고 있던 아이들이 모두 죽었다는 걸 알았다. 그 뿐만이 아니었다. 운전하던 녀석은 운전대에 받혀 몸이 두 동강이 났다는 사실도 기사에 실려 있었다. 열다섯 살 소년이라면 그런 세세한 얘기를 절대로 잊어먹는 법이 없다. 그 소리의 기억은 나를 줄곧 따라다녔고 그로 인해 병이 난 적도 있었다. 그리고 그 1-2년 후 정확히 같은 언덕길을 내가 폭주하며 내려가게 된다. 나는 그때 73년 형 폴크스바겐 패스트백이 시속 200킬로미터를 내려면 내리막길에서 중력의 도움을 받아야 한다는 것을 처음 알게 됐다. 그 아이들, 생각해보면 그 사고는 내게 닥칠 수도 있었던 것이다. 그러나 어찌된 일인지 그렇게 되지 않았다. 그 생각만 하면 지금도 무섭다. 자기 차의 운전대에 갈가리 찢겨나간 운전자가 내가 될 수도 있었던 것이다.

그 후 나는 몇 차례인가 용케 사고를 면하며 살아 왔다. 내가 행인이나 친구를 죽였으면 어떻게 됐을까? 요행이 살아 있고, 불구도 되지 않았고, 감옥에도 가지 않았으니 천운이었다고 할 만하다. 오늘날 나는 중늙은이처럼 운전한다. 멍청한 10대 운전자 시절, 나를 구해줬던 저 대단한 행운에 감사하는 마음에서, 또 한편으로는 사고치기 딱 좋게 보이는 후배 10대 녀석들에게 경각심을 주기 위해서 그렇게 한다.

확실한 것은 내가 나쁜 10대 운전자였다는 사실이다. 그런데 자동차를 몰고 어디에 처박히거나, 자기 자신과 친구를 죽이는 일은 아주 기괴한 '미국적' 전통이라는 점을 인정할 필요가 있다. 애초 그렇게 되어 먹었기 때문에 유혈 교통사고는 미국 아이들에게는 성인으로 가는 일종의 통과의례처럼 되어 버렸다. 불행한 것은 이 아이들이 자신들이 얼마나 취약한 상태인지, 그런 스타일의 운전이 충돌 사고나 자신들의 생명까지도 위협하는 결과로 이어지기가 얼마나 쉬운지 잘 모른다는 사실이다. 그래서 그 녀석들을 '아이들'이라고 부르는 것이다.

대개의 경우, 고등학생들의 운전은 무섭다. 조사를 하다 보면 미심쩍었던 것들이 사실로 드러난다. 그것은 가장 어린 운전자가 최악의, 가장 위험한 운전자라는 사실이다. 그리고 누군가를 어이없게 죽일 가능성이 가장 높다는 사실이다. 물론, 10대들도 이런 것을 잘 알고는 있다. 그러나 현실은 그럼에도 이들이 속도를 즐기고, 습관적으로 앞 차에 바싹 따라붙고, 공격적으로 차를 몰며, 결국에 가서는 외부 물체와 충돌한다는 것이다. 고속도로안전보험연구소에 따르면 이들의 사고율은 나이 든 운전자들의 그것보다 네 배나 높다. 만일 한 차에 어린 녀석들이 떼거리로 탔을 경우, 사고율은 천정부지로 치솟는다.

16세에서 19세의 청소년들이 매일 십수 명씩 목숨을 잃는다. 연 단위로 보면 4천에서 5천 명이나 된다. 자동차를 몰다가 이런 저런 곳에 처박고 나서 응급실을 찾는 아이들이 거의 50만 명 가까이 된다(미국에서 매년 응급 치료를 받는 자전거 라이더들의 숫자도 이 정도이지만 이 경우는 전 연령대를 망라해서 그렇다). 그 와중에서 이들은 수많은 사람들을 다치게 하고 울타리를 비롯한 여러 가지 것들을 부서뜨린다.

도로 안전 문제를 다룰 때, 상당한 부분은 어린 운전자들 문제에 할애되어야 한다. 18세가 될 때까지 면허증을 회수하고 그 대신에 자전거를 타거나 걷게 하고 대중교통을 이용하게 하거나, (운전석이 아닌) 승객좌석에 앉게 하는 거다. 그렇게 되면 우리 모두는 좀 더 안전해질 것이고 아이들은 더 건강해질 것이다. 그들에게 '라이더의 다리'를 선사할 수 있을 뿐만 아니라 가장 큰 청소년 사망요인을 제거할 수도 있는 것이다.

이는 또한 다량의 가솔린을 절약하는 길이 되리라. 아이들이 그 시시껄렁한 드라이빙을 하면서 가솔린을 얼마나 쓰는지 정확히 가늠하기는 어렵다. 그러나 얼추 이 나라에서 하루 쓰는 가솔린 총량의 10퍼센트를 차지할 것으로 보인다. 매일 약 4천만 갤런을 허비하는 것이다. '뚫어, 시추공을 뚫어$^{drill\ baby\ drill}$'(2008년 미 공화당원 연수원에서 나온 것으로 알려진 공화당의 유전개발 구호-옮긴이)라는 구호에 반영된 생각과는 정반대의 입장에서, 합법적인 운전가능 연령을 올리는 일은 석유 시장에 즉각적이고 강력한 효과를 불러올 수 있다.

아이들로 하여금 다른 아이들이 목적 없이 차를 모는 것을 지켜보게 하면서 그것이 부러운 나머지 따라서 유흥삼아 차를 몰게 하는 일은, 사막의 전장에 또 다른 아이들을 보내는 일과 일

동력화의 슬픈 꿈 | 217

맥상통하는 데가 있다.

그렇지만 얘들아, 걱정하지 마라. 내 친구가 그러는데, 이런 내 생각은 완전히 비현실적이라는구나. 너희들은 차 모는 걸 정말 좋아하고, 너희 부모들은 너무 바빠서 너희들을 아르바이트 하는 TCBY(The Country's Best Yogurt, 미국의 요구르트 아이스크림 전문 체인점-옮긴이)에 태워다 줄 수 없고, 도로변에서 가솔린 장사하는 인간들은 너희들의 푼돈을 뺏으려고 혈안이 되어 있는데, 어떻게 내 아이디어가 현실화 되겠니.

 좋은 것

나는 헨리 포드를 내 영감의 근원으로 생각한다

아돌프 히틀러, 1931

미국의 스포츠 유틸리티 차량^{SUV} 붐은 2007년에 돌연히 끝났다. 한동안은 열기가 뜨거웠다. 포드나 GM의 회계사들은 자신들 회사의 장부를 보며 희색이 만면했다. 유쾌한 〈리버댄스^{Riverdance}〉(전통적인 아일랜드 스텝댄스를 추는 댄스 팀, 혹은 그 공연- 옮긴이) 박자에 맞춰 어깨춤이라도 들썩일 듯했다. 1990년대는 가솔린 값이 쌀 때라서 미국인들은 픽업 트럭이나 SUV를 정말 미친 듯이 사들였다. 그 시기 SUV 제조업계가 직면한 가장 큰 문제는 워낙 전복사고가 잦은 이 차량이 과연 운행에 적합한 것인가 하는 의심을 풀어주는 정도였다.

석유시장이 날뛰고 경제는 하향세로 반전했다. 2008년 7월 경 트럭과 SUV의 가격은 딜러들의 과잉재고 떨이로 인해 평균 20%나 떨어졌다. GM은 2007년 무려 380억 달러의 손해를 봤다. 포드 또한 2008년 2분기의 손해액을 87억 달러로 집계하고 있다. 이 수치는 분기별 실적으로서는 제너럴 모터스가 155억 달러의 손해를 발표하기 전까지 손해액 최고 기록이었다. 믿을 수 없겠지만, 자동차 회사는 석유 회사가 본 것보다 더 큰 피해를 봤다. 전국적으로 SUV와 픽업 트럭의 대 방출세일이 벌어졌다. 2008년의 경제 위기는 디트로이트 시가 이미 들어가 있는 관에 대못을 쾅쾅 박은 격이었다.

스스로 자본주의자들임을 당당하게 시인했던 CEO들이 2008년 11월 비굴한 자세로 워싱턴에 모였다. 정부의 구제방안이라는 요정은 이미 마법의 램프 밖으로 나와 있었다. 이미 3천 억 달러에 달하는 시티그룹의 빚을 묻지도 조건도 붙이지 않고 탕감해준 마당에 뭐 하러 '디트로이트 제조업체'를 잡고 털겠는가? 별로 나올 것도 없는데. 연초에 의회는 조용하게 이 자동차 회사에 250억 달러의 구제금을 던져주었다. 표면상으로는, GM은 이 돈을 단기 채무 상환과 좀 더 실용적인 차량 생산라인 구축에 쓰는 걸로 되어 있었다. 구제 금액이 점점 커져서 천억 달러 단위까지 올라갔는데도 의회는 디트로이트에 좀 더 인심을 쓸 의향을 내비치고 있었다. 자동차 산업 구제방안들을 조금이라도 참아 주려면 정말 대범해져야 한다. 수십 년간 자동차 회사들은 엄격해지는 연비 기준을 느슨하게 하기 위한 로비를 해왔다. 그들은 이렇게 울부짖었다, "정부는 디트로이트의 산업에서 손 떼라! 시장에 맡겨라! 미국인들은 우리가 만든 가솔린 먹는 하마$^{gas\text{-}guzzlers}$를 원하고 있단 말이다!" 자동차 제조사들은 마치 승냥이처럼 배출가스 규제와 연비 기준 강화에 맞서 싸웠다. 그러면서도 대학 신입생도 할법한 미래에 대한 준비는 전혀 하지 않았다. 결국 그들은 머리통을 쑥 내밀고 '그보다 좋은 말은 아무것도 없다는 듯이$^{for\ complete\ lack\ of\ a\ better\ term}$' (영화 월 스트리트$^{Wall\ street}$에서 나오는 월 가의 냉혹한 금융인인 주인공 고든 게코가 한 "탐욕에 관한한 그게 좋다는 말 보다 더 나은 말은 없습니다$^{Greed,\ for\ lack\ of\ a\ better\ word,\ is\ good}$"라는 대사를 이용해서 자동차 회사들의 탐욕과 몰염치를 비꼰 표현- 옮긴이) 자신들의 생명줄을 연장시켜달라고 애걸하게 된 것이다. 시장이 이들 기업들을 부정적으로 평가하자마자, 이 위선자들은 수백만 달러를 써가며 시장이 무너졌다는 주장을 선전하기 시작했다. 정부만이 그들 자신과 저 '영원한 잠'의 나락 사이에 버티고 서 있는 유일한 것임을 발견했을 때, 그들에게 정부는 더 이상 사악한 존재가 아니었다.

확실히 디트로이트는 남부 여러 주에 공장을 두고 북부 노동자의 반값에 인력을 써가며 자동차를 만들어내는 외국 기업들에 비하면 불리했다. UAW(1935년에 설립한 미국의 자동차 노동조합, 정식 명칭은 '미국 자동차 항공우주 농업기계 노동조합United Automobile, Aerospace and Agricultural Workers of America'-옮긴이)는 죄가 없다. 그리고 노동 문제는 결정적으로 중대한 문제가 아니다. 치명적인 역점은 장기적인 활력을 희생시킨 대가로 단기적인 이익만 취하려 했던 디트로이트 자동차 산업계의 근시안에 있었다. 미국의 자동차 제조업체들은 값싼 석유의 수입이 영원하리라는 전제 하에 그것에 의존하는 방향으로 경영을 했다. 값싸게 석유를 들여오는 일이 계속 될 수 없을지 모른다는 경고가 있었음에도 그렇게 했다. 그러다가 소비자들이 소형차에 (다시) 끌리는 순간이 오자 그대로 아웃되고 말았다. 그들은 수입차의 품질에 대적하려고 하기보다는 그러지 않으려고 발버둥치면서 단기 이익만을 위해, 상환할 수도 없는 금융 대출 게임에 뛰어들었다. 오로지 단기 이익을 얻기 위해 미국의 자동차 회사들은 사막에 자신들의 거대한 무덤을 팠던 것이다. 제품 개발에서 그들이 보여준 비전의 결핍은 참으로 볼만 했다. 아마도 그들이 그렇게 행동하는 것은 자신들의 매출이 반토막 나는 상황이 되거나 하면 정부가 구제해 줄 것을 알았기 때문이었는지도 모르겠다.

의회가 디트로이트에 250억 달러를 찔러준 것, 그리고 국내적으로 별 반발 없이 추가로 수백억 달러를 지원한 것은 전혀 놀라운 일이 아니다. 디트로이트에 대한 최근의 구제책들은 실로 오랜 전통의 연속선상에 있는 것이다. 미국 정부는 꾸준히 자국 자동차 산업에 보조금을 주고 있는데 이는 국민 전체의 이익에 해가 되고 있다.

2차세계대전 발발 전 정부는 제너럴 모터스를 필두로 한 자동차업계 이익집단의 보초를 자임하며 미국의 도심 내 철도 시스템을 하나하나 모조리 해체했다. 20세기 초반 미국 내의 주요 도시마다 노면 전차가 다니고 공중엔 방대한 동력 전달용 전선 망이 깔려 있었다는 사실을 아는 사람은 많지 않다. 노선에 콘크리트가 부어졌고 레일이 뜯겨나갔고 그 자리에 자가용 승용차와 제너럴 모터스가 만든 버스를 위한 도로가 들어섰다. 철도는 깨끗이 제거됐다. 오랜 시간에 걸쳐 철도를 살해한 행위는 셔먼 반독점법을 말도 안 되게 짓밟은 것이었다. 그리고 GM은 불법 공모를 했다는 이유로 연방 대배심에 의해 유죄를 선고받았다. 정부는 이 범법행위에 대해 처벌을 가했으나 거의 때리는 시늉만 했다.

GM이 자유롭게 설칠 수 있었던 배경에는 당시 다음과 같은 일반의 정서가 응원군이 되어 주었기 때문이다. "미국에 좋은 것은 GM에 좋고 GM에 좋은 것은 미국에 좋다." 이 말은 1941년부터

 222 | 우리가 자전거를 타야 하는 이유

53년까지 GM의 회장이었던 찰스 윌슨Charles Wilson이 아이크(아이젠하워)에 의해 국방장관에 발탁됐을 때 내뱉은 말이다.[3] 심지어 현재의 GM회장도 그런 소리를 해대며 곤란한 상황을 빠져나가려고 한다. 하지만 알 만한 사람들 앞에선 그런 얘길 감히 하질 못할 것이다. 박장대소까진 아니지만 진심에서 우러나는 비웃음 소리를 들을 테니까 말이다.

2차세계대전이 발발하기 전의 역사를 한 번 훑어보기만 해도 윌슨의 이 행복한 가정에 의문이 생겨난다. GM은 불법적으로 미국 도심 철도 산업을 매장시켰을 뿐만 아니라, 포드와 함께 나치 독일에 대규모 투자를 했다. 나치의 전격작전에 동원된 장비의 많은 부분이 포드나 GM이 전부 혹은 일부 소유하고 있던 공장에서 제조된 것들이었다. 독일과 전쟁을 치르면서, 미국 병사들은 제너럴 모터스가 세운 오펠Opel사 제품 폭격기의 공격을 받았다. 전쟁이 발발하자마자 나치와 관계를 절연했다고 훗날 이 회사 관계자들이 주장했음에도 불구하고, 발굴된 자료에 따르면 그들은 히틀러가 온 유럽을 유린하기 시작한 이후에도 그 공장들을 가동하고 있었다. 어쩌면 미국에 선전포고를 한 뒤에도 계속 그랬을지 모른다. 그러면서 디트로이트의 회사들은 민주주의의 무기고 역할을 자임했다 하는데, 그들의 진정성을 과연 믿을 수 있을까?

---

3 자주 왜곡 인용되는 이 말은 의회의 윌슨 인준 청문회에서 나온 것이다. 국방장관으로서 국익을 위해라면 자신이 전에 몸담고 있던 회사에 해가 되는 결정이라도 내릴 수 있겠느냐는 질문이 주어졌다. 정치적인 감이 빨랐던 그는 그럴 수 있다고 말하면서 그렇지만 그런 상황이 절대로 발생하지 않을 것임을 이런 식으로 강조했다.

동력화의 슬픈 꿈 | 223

이게 다 미국에 좋은 것이었나? 난 아니라고 생각한다. 그런데 어떻게 우리는 우리에게 폰티악 그랜드 앰$^{\text{Pontiac Grand Am}}$을 안겨주는 이 회사에 열광할 수 있는가?

전쟁이 끝나고 미국 정부는 슈퍼 고속도로를 닦는 대규모 공공 건설 사업에 시동을 걸었다. 아이젠하워는 이 계획이 꽤나 마음에 들었다. 유럽을 수복하는 과정에서 본 독일의 아우토반이 인상적이었던 것이다. 연방 고속도로 건설과 유지를 위한 예산 승인과 증액이 일사천리로 이루어졌다. 고속도로 건설비용은 수천억 달러 선으로 올라갔다. 최근까지의 기준에서 보더라도 큰 액수다. 2008년 하이웨이 신탁 펀드$^{\text{Highway Trust Fund}}$의 아킬레스 건이 드러났다. 연방 가솔린 세에 크게 기대고 있던 이 펀드는 유가 앙등 이후에 미국인들의 가솔린 소비가 격감하자 갑자기 수익률이 떨어졌다. 의회가 일반 펀드에서 80억 달러를 빼내 이 펀드의 손실분을 보충하기로 결정했음에도 아무도 이의를 제기하는 사람이 없었다. 승용차와 트럭이 활보할 수 있는 새 인프라를 건설하고 유지하는 일에 더하여, 전후 미국 정부는 담보 대출을 통해 도시 교외의 주택시장을 활성화하려 했다. 이는 자동차 제조업계에 지급하는 보조금처럼 직접적인 것은 아니었지만 상상할 수 없을 정도의 간접 보조금을 준 거나 마찬가지였고 교통 시스템을 그랬듯이 문화를 바꿔버렸다.

국가는 구세주인가 봉인가

1979년 여름 크라이슬러는 완전히 끝장날 참이었다. 자동차를 선택한 사람들의 나라에서 크라이슬러는 실패한 자동차 회사요, 파산을 기다리는 처지가 됐다. 의회와 카터 대통령은 어찌 해야 할지 숙고에 잠겼다. 이 회사에 수십억 달러를 적선하느냐(그 당시에 이 정도의 돈은 세기 어려울 정도의 거액이었다) 아니면 그냥 파산하게 내버려 둬 수많은 실업자들을 거리로 나오게 할 것이냐를 놓고 고민했다. TV 방송에서는 이 실업자들이 워싱턴을 향해 내뱉을 욕설을 담기 위해 대기하고 있었다. 결국 공적자금이 투입됐고 회사는 살았다.

크라이슬러는 재기했고 빌린 돈에 이자까지 쳐서 다 갚았다. 그래서 이 구제책은 성공한 사례로 종종 거론된다. 그런데 크라이슬러를 구제해서 궁극적으로 무얼 얻었나? 미니밴? 케이^K-카? 아니다. 크라이슬러 구제가 가져온 가장 긍정적인 효과는 미국인들을 보수 좋은 일자리에 계속 묶어둘 수 있었다는 것이다. 그거야말로 분명히 그 당시 우리에게 필요한 것이었으며 지금도 필요한 일이기는 하다. 그러나 좀 더 큰 그림을 보자. 결과적으로 크라이슬러에게 어떤 일이 일어났던가. 애는 썼지만 결국은 파산을 면치 못했다. 다임러 사가 이걸 먹으려고 물었다. 그리고 나서 이 독

동력화의 슬픈 꿈 | 225

일 회사는 반쯤 씹은 이 물렁뼈를 냅킨에 살그머니 도로 뱉었다. 다시 파산했다. 그러자 최후의 대출 창구를 두드리며 다시 돈을 구걸하고 있는데 그 창구는 바로 우리 아이들의 몫이다. 미국 내전 자동차 업계가 지금 인위적인 생명유지 장치를 달고 연명하고 있는 지경인 것이다. 지급불능 상태에 빠진 이들은 그 큰 손을 납세자들에게 내밀고 있으면서도 도로의 좌우측으로 자신들의 노동자들을 마구 쫓아내는 뻔뻔한 짓을 하고 있다.

그렇다면, 1979년에 크라이슬러가 망하도록 내버려 두는 게 더 좋은 선택이었을까? 졸지에 일자리를 잃었을 수많은 사람들을 생각하면 참으로 쉽지 않은 선택이었을 것이다. 그러나 현재의 작태를 볼 때 차라리 1979년에 파산이 되든 말든 관여를 안 했으면, 이게 나머지 국내 자동차 산업에는 약이 되어 체질이 훨씬 강해지고 합리적인 경영을 하게 되지 않았을까? 아무도 모를 일이다.

큰 그림에서 보면 크라이슬러의 구제는 실패임이 분명하게 드러난다. 구제금액만 수십억 달러에서 한 세대 만에 250억 달러로 커졌을 뿐이다. 막상 250억 달러를 들여 구제했는데, 이게 또 어떤 결과를 낳을지 누가 알겠나? 우리는 지금 혹시 우리 아이들에게 물려줄 시한폭탄을 제조하고 있지는 않은가? 어떤 시점에선가 우리는 이 과다출혈 상태에 빠진 기업들에게 케버키안(잭 케버키안^{Jack Kevorkian} 미국의 의사. 말기환자 130명의 자살을 도와 안락사 논

226 | 우리가 자전거를 타야 하는 이유

쟁의 중심이 됐던 인물- 옮긴이)을 보내야 하는 건 아닐까? 대량 실업은 물론이고(누군가는 자동차 산업에 관련된 일을 하는 미국인 10명 당 1명꼴로 직장을 잃는다고 추산한다) 이런 기업들의 도산은 미국을 외국 기업에 더 의존하게 만든다는 거다. 어떤 점에서는 우리도 우리의 군용 자동차 공급을 외국 기업에 맡길 수 있어야 한다. 히틀러가 그랬던 것처럼. 그런데 이와 반대로, 이들 기업이 '있음'으로 해서 외국 기업에 대한 의존도가 더욱 증가할 수 있다는 주장도 있다. GM이나 포드가 그들의 SUV와 그 부속 일체를 핫케익 구워 팔 듯 팔수록 수천억 달러의 부가 산유국으로 흘러가는 물길만 넓혀줄 뿐이라는 얘기다. 외국 기업들은 다양한 하이브리드 차량을 선보이고 있는데 디트로이트는 속수무책으로 바라보고만 있다. 국내 자동차업계의 재난에 가까운 형편없는 경영능력 덕분에 우리가 받아야 할 공적혜택이 아주 빈약해졌다.

 연비 문제

나는 내 프리우스 범퍼에 이런 문구가 들어간 스티커를 붙이고 다닌다. "빈 라덴은 이 차를 싫어합니다."

제임스 울시 James Woolsey, 전임 미 CIA 국장

만일 가솔린차를 모는 미국 내 운전자들이 전부 하이브리드-

전기 차$^{\text{hybrid-electric vehicle(HEV)}}$로 바꿔야 할 상황이 된다 하더라도, 즉 에드 베글리 주니어$^{\text{Ed Begley Jr}}$(헐리우드 배우로 전기차를 타고 태양전지를 사용하는 등의 활동으로 '그린 머신$^{\text{Green Machine}}$'이라는 별명까지 얻은 친환경 이미지의 스타- 옮긴이)가 쿠데타를 일으켜 권력을 잡았다 해도 우리는 계속 수입 석유에 의존할 테고 석유 시장의 변덕에 변함없이 휘둘리고 있을 것이다. 죽음에도 등급이 있는 것처럼 의존에도 등급이 있다. 현재 전 차종의 연비를 두 배로 올린다 해도 우리가 매일 쓰는 석유의 70퍼센트가 외국에서 들어오는 한 그 등급은 달라질지언정 의존하는 상황 자체는 달라지지 않는다.

그럼에도 불구하고, 많은 사람들은 하이브리드 차를 지속 가능한 미래로 가는 길의 중간 정거장이자 희망의 횃불로 보고 있다. 그러나 이런 어중간한 방식은 위험하다. 더 좋은 세상으로 가는 길을 열어주는 것이 아니라 막다른 골목으로 인도해서 우리의 운명을 봉해버릴 수도 있는 것이다. 일이십 년 후에는 프리우스 같은 고연비 차량만을 쓴다 해도 지금보다 더 석유에 의존해야 되고, 더 큰 곤경에 처할 수도 있음을 충분히 상상할 수 있기 때문이다. 미래의 시장에 영향을 줄 수 있는 공급 문제나 기타 여러 요인들이 어떻게 될 것인지는 지금 누구도 예상할 수 없다. 반면 고연비 차량이 가진 잠재력의 최대치는 이미 알려진 상태다. 분명히 한계가 있는 것으로 판명됐다. 사람들의 자동차 집착을 근본적으로 바꾸지 않는다면, 이 딜레마에서 벗어날 수 있는 길은 오직 한 가지 연료를 바꾸는 수밖에는 없다.

 ## 어중간한 해법

제임스 울시가 토요타 하이브리드 차를 타는 것이 환경을 개선하고자 하는 마음에서 나온 것이라고 볼 근거는 하나도 없다. 단지 차를 빌어 자신이 싫어하는 테러리스트에 대한 적대감을 드러냈을 뿐이다. 하지만 잘 모르는 다수의 사람들은 이 하이브리드 차를 모는 것이 지구를 위해 좋은 것이라는 착각에 빠져 있다

그러나 프리우스는 그리 친환경적인 차가 아니다. 단지 다른 차들에 비해 상대적으로 조금 친환경적일 뿐이다. 그렇게 자랑할 만큼 대단치는 않다. 신형 하이브리드-전기 차^{HEV}를 구입해서 타는 사람은 1천5백 킬로그램 무게의 금속과 플라스틱, 금속질의 범벅으로 꽉 찬 커다란 배터리 팩을 끌고 동네를 돌아다니는 사람일 텐데 이런 사람을 환경에 좋은 일을 하는 사람이라고 볼 수는 없다. 프리우스는 수억 년 동안 응축되어 원유가 된, 유기물 상태에서는 자신보다 50배나 더 무거울 그것을 매일 소비한다. 이건

동력화의 슬픈 꿈 | 229

횡포에 가까운 과도한 에너지 사용이다. 두 개의 엔진을 완전히 장착하고 공장에서 막 빠져나온 프리우스에는 전 세계 곳곳에서 커다란 환경의 대가를 지불하고 자원을 끌어 모아 만들어 낸 부품들이 놀라울 정도로 정교하게 집적되어 있다. 프리우스 배터리용 니켈을 가공하는 캐나다의 공장은 지구 최악의 산성비 주범 중의 하나이고, 대략 10년의 수명을 채운 배터리는 유독성 폐기물 덩어리가 된다. 개발단계부터 폐차될 때까지의 기간 동안 상대적으로 복잡한 이 하이브리드 차로 인해 치러야 하는 환경 비용은 종래의 '가솔린 먹는 하마' 자동차만큼, 아니 그 이상으로 크다. 배기가스는 덜하지 않느냐고 반문하고 싶은가? 물론 하이브리드 차는 일반 차량보다 배기가스 배출량이 적다. 그러나 일반 차의 절반이라고 하더라도 너무 많은 것이다. 좋아해야 할 이유도 없고 자랑스러워 할 일은 더욱 아닌 것이다.

  자신이 소유한 차의 친환경 신용장에 대해 열광하는 프리우스 차주들을 보고 있노라면 썩은 소시지를 반값에 샀던 생각이 난다. 그 때 난 자전거를 타고 시내 곳곳을 돌아다니며 배달을 하느라고 무척 허기졌었다. 핫도그 판매대를 지키고 있던 녀석이 소시지가 다 떨어졌다면서 남은 게 딱 하나 있다고 말했다. 그런데 좀 오래된 것이라며 "반값에 줄게요!"라고 큰 소리로 꼬드겼다. 반값에라도 썩은 소시지를 사면 손해라는 것을 그때 깨달았다.

HEV는 변함없이 다량의 연료를 소비하고 다량의 배기가스를 내뿜는다. 이는 환경에 좋은 게 아니라 나쁜 거다. 사실, 어떤 차든지 차를 몬다는 것은 생태계를 위한 혁명이라기보다는 마구 흥청거리는 소비의 난장에 가까운 일이다. 어떻게 봐도 그건 썩은 소시지이다. 하이브리드 차를 운전한다고 녹색 배지나 국가 안전 공로 기장을 줄 수는 없는 노릇이다. 이 배지들은 환경과 국가의 안전을 파괴하는 기존의 통행 방식을 '실제로' 그만 둔 사람들을 위해서 남겨 두어야 한다. 제 몸의 힘만으로 움직이는 사람들 말이다. 이들이야말로 유일하고도 진정한 '운송 애국자'들이다.

사실, 석유를 전혀 소비하지 않는 사람들만이 석유와 관련된 나쁜 점들에 대해 누군가에게 설교할 수 있으리라. 그런데 그런 사람이 있는가? 아마도 아프리카의 부시맨들이나 아마존 열대우림 아래에서 사는 이들이 진짜로 석유를 한 방울도 안 쓰고 사는 사람들일 게다. 그에 비하면 우리 모두는 석유 중독자들이다. 제 몸의 힘으로 움직인다는 애국적인 인사들도 마찬가지다.

미국에서는, 소모되는 석유의 절반 가까이가 승용차 안에서 내연 소모된다. 나머지는 화물 수송, 주택 난방 그리고 우리가 혜택을 입고 있는 일일이 열거하기 어려울 만큼 방대한 종류의 상품을 제조하는 데 들어간다. 비록 어떤 여성 라이더가 자신의 힘만으로 여행을 하고 그래서 운송 용도로는 석유를 거의 쓰지 않는다 하더라도, 그녀가 완전히 석유에서 자유롭다거나 기존 교통 시스템에서 벗어났다고 할 수는 없다. 차를 몰지 않는다 하더라도 컴퓨터와 자판, 그녀의 집 난방, 등에 짊어진 배낭의 피륙, 자전거 체인의 윤활유, 편지, 생리 지연용 알약, 상시 대기 중인 경찰차와 앰뷸런스 차량, 컨택트 렌즈, 그리고 중요한 음식과 물 이 모든 것들이 정도 차이는 있지만 석유에 기대고 있다. 완전히 석유에 의존하는 것도 있고 또 어떤 것은 그 자체가 석유인 것도 있다. 단지 모양만 의자나 컴퓨터 부품, 쓰레기봉투, 속옷 등으로 바뀌었을 뿐이다. 카본 바퀴 살, 알루미늄이나 철제 자전거 프레임은 광산의 거대한 채굴 장치를 움직여주는 석유의 폭발력이 없으면 존재하지 못할 것들이다. 또한 석유를 때는 화물선 없이는 중국에서(요즘 대다수의 자전거 관련 제품은 중국에서 만들어진다) 동네 자전거 상점까지 물건이 오지도 못한다. 그러니 자전거 라이더라 해도 너무 잘난 체는 하지 말자.

 ## 새로운 계획들

토요타와 GM(얼마나 생존할지 모르겠지만) 둘 다 2012년 이전에 일반 상용차 시장에 플러그 충전식 차를 내 놓을 계획을 세우고 있다. 그런데 불행한 것은, 이 플러그 충전식 하이브리드 차들은 화석 연료에 많이 기대고 있다는 점이다. 이 차들은 여전히 석유를 연소해야 하고 충전용 전기도 석탄이나 천연가스 발전소에서 만든 일반 전기를 끌어다 쓸 것이기 때문이다.

이상적인 계획에 따르면 우리는 태양광, 풍력 발전 시스템 등을 개발해서 온전히 전기로만 가는 자동차들을 매일 충전할 수 있는 양의 전기를 생산해야 한다. 보기에도 우스꽝스러운 무거운 배터리 팩 대신에 뭔가 쥘 베른적인 시스템(쥘 베른의 공상과학소설 해저 2만 리에 나오는 잠수함이 완전히 자체 조달 전기로만 움직이는 것을 두고 한 말- 옮긴이)을 갖추어야 한다. 이게 새로운 아메리칸 드림이 될 거라고 사람들은 말한다. 재생 가능한 에너지 인프라를 구축해서 미국의 전 자동차 군단에 영예롭게 동력을 제공한다는 것, 그리하면 (지금 우리가 누리고 있는) 미국적 생활방식 American Way of Life을 그대로 유지할 수 있을 터이니. 이처럼 재생 가능한 에너지용 새 인프라를 짓는 일은 '신新맨해튼 프로젝트'(맨해튼 프로젝트는 2차세계대전 중 미국의 원자폭탄 제조 계획-옮긴이)라고 왕왕 부르고 있다. 이 계획이 정부와 민간 기업의 주도와 결정하에 진행되고 있음을 암시해주는 대목이다. 이들이 전기 생산방식을 장기적인 측면에서 덜 위험한 어떤 방식으로 바꾸어 운전자들로 하여금 죄의식이나 마음의 부담 없이 속 편하게 차를 몰 수

동력화의 슬픈 꿈 | 233

있도록 하고자 한다는 걸로 읽힌다. 거의 만장일치로 승인받았다고 하는 이 계획은, 지금까지는 아직 상상 단계를 벗어나지 못하고 있는 것으로 보인다. 진짜 재생 가능한 에너지를 얻는 일이 이렇게 대충 찔러보거나 덕담 수준의 탁상공론으로 성취될 수는 없다. 거기에는 확고부동한 정부의 각오와 실행이 요구되는데, 아직 이 계획이 서류가방 밖으로 나왔다는 말은 들은 바가 없다. 과거 몇 년 동안 정부가 밀고 온 정책들을 살펴보자. 에탄올 사용 의무화와 이에 대한 보조금 지급, 수소연료 전지 개발계획[4], 하이브리드 차량 구입 시 고율의 세액 공제, 허머 같은 '기름먹는 하마' 차량 구입 시 더 큰 세액 공제, OPEC에 대한 기소 제안, 유류세 잠정 보류, "뚫어 시추공을 뚫어" 같은 구호, 디트로이트의 자동차 회사 회장들로 하여금 법인 전용비행기를 사지 말도록 한 일 등등. 워싱턴 정가의 인간들은 황당한 제안들만 골라 잇달아 내 놓았다. 이걸 가지고 제대로 된 정책으로 엮어낼 수 있을까?

어느 시점에선가 우리는 어중간한 방식들을 폐기처분하고, 막다른 길로 치닫는 방식을 지양해야 할 것이다. 그리고 만인이 떠드는 신 맨해튼 계획인가 하는 것을 시작하게 될 것이다. 만일 시

---

4 어떤 사람들은 수소 에너지 경제에 대해 아직도 미련을 버리지 못하고 있다. 그러나 얼프 보셀(Ulf Bosse)에 따르면 그건 보나마나 한 패다. "왜냐하면 수소 에너지 경제 자체에 높은 에너지 손실률이 내장되어 있기 때문에, 전체적으로 보면 이 에너지 시스템은 전기와 경쟁이 되지 않는다. 물리학의 기본법칙을 조사나 정치, 투자로 바꿀 수가 없는 것처럼 수소 경제란 근본적으로 말이 안 되는 것이다." 바꿔 말하자면 물에서 수소를 빼서 이걸로 연료 전지를 만들어 자동차에 동력을 공급하기 위해 에너지를 쓴다는 것은 말이 안 된다는 것이다. 차에 전기를 직접 충전하면 수소 전기를 만들기 위해 들이는 에너지의 1/4만으로도 차를 움직일 수 있기 때문이다.

작하지 않는다면, 감히 말하건대 아무것도 해낼 수 없다. 한 번 시작을 하면, 우리가 올바른 길로 가고 있는지 아니면 원래 의도했던 목표에서 멀리 벗어나 엉뚱한 길로 빠지고 있는지가 드러나게 될 것이다. 그런데 이 일에 착수하고자 하는 우리의 의지는 유가가 조금만 떨어지면 또 다시 슬며시 사라져버리곤 한다. 우리가 이 거대한 계획을 잘 알면 알수록, 그건 점점 더 먼 미래 속으로 '퇴각'해 버린다. 현실은 꿈을 계속 난타한다. 가솔린의 현실을 대체하고자 하는 순간에 사람들은 가솔린의 에너지 밀도를 제대로 알게 되었다. 이 마법의 액체를 실제로 대신할 물질은 아무것도 없다는 것을 깨닫게 되면서 분노와 부인, 절망이 엄습한다. 바로 그거다. 우리의 미래로 가는 방식에는 아직 자전거만큼 친환경적인 것이 없다.

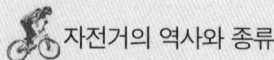 자전거의 역사와 종류

자전거^{自轉車}는 일반적으로 바퀴 두 개로 구성되고 사람의 힘으로 움직일 수 있는 기계를 말한다. 바퀴 두 개를 연결하는 구조 위에 안장을 두어 사람이 올라 탈 수 있도록 되어 있으며 발로 발걸이(페달)를 밟아 앞으로 나아갈 수 있다. 자전거는 엔진이 없는 점 외에는 기본적인 구조에서는 자동차와 똑같다. 페달을 밟으면 체인휠 중 한 개의 스프라킷이 돈다. 체인휠 주위를 감싸고 있는 체인은 뒷바퀴의 작은 스프라킷과 연결되어 있어 뒷바퀴를 구동한다. 자전거는 몸통을 이루는 뼈대, 방향을 조절하는 조향계, 앞·뒤 바퀴, 발판 등 구동장치, 변속장치, 제동장치 등으로 이루어져 있다

최초의 자전거를 누가 만들었는지에 대한 의견은 분분하다. 독일, 프랑스, 영국이 모두 원조라고 주장하고 있는데, 이런 논란은 어떠한 형태의 것을 최초의 자전거로 보느냐에 따라 달라지기 때문이다.

자력으로 달리는 자전거(1790년)
프랑스의 콩트 드 시브락^{Conte de Sivrac}이 바퀴 둘을 나무로 잇고, 중앙에는 안장, 앞쪽에는 손잡이가 달린 새로운 두 바퀴 탈것을 내놓았다. 콩트 드 시브락은 자기 발명품에 셀레리페르^{célérifère}라는 이름을 붙였는데, 빠르다는 뜻인 라틴어 celer와 운반한다는 말인 ferre를 합쳐 만든 것이다.

조향이 가능한 자전거(1816년에서 1818년 사이)
독일에서 카를 폰 드라이스가 만들어 1818년 공개한 드라이지네는 셀레리페르의 앞바퀴를 고정하지 않아 달리면서 방향을 바꿀 수 있게 고안한 것이었다. 드라이지네는 셀레리페르 대신 대부분의 전문가로부터 자전거의 원조로 꼽히는 영광을 차지했다.

지면에 발을 대지 않고 달릴 수 있는 자전거(1839년)
스코틀랜드의 커크패트릭 맥밀런이 1839년에 선보인 디딤판식 두 바퀴 탈것은 자전거 진화에 크게 기여했다. 처음으로 땅을 차지 않아도 달릴 수 있었기 때문이다. 디딤판을 밟아 생긴 힘이 연결봉과 크랭크를 통해 뒷바퀴를 굴리는 새 방식은 메커니즘이

조금 복잡하고 내구성도 좋지 못해 실용성과는 거리가 있어 널리 보급되지 못했다.

앞바퀴를 발걸이로 직접 회전시키는 자전거(1861년)
1861년 파리에서 발걸이로 앞바퀴를 직접 돌리는 피에르 미쇼Pierre Michaux의 벨로시페드가 개발되었다. 요즘 어린이가 타는 세발자전거처럼 안장에 앉아서 두 발로 앞바퀴에 달린 회전식 발걸이를 밟아 달리는 것으로, 현대 자전거의 기틀을 마련한 탈 것이다.

발걸이(페달)에 의한 회전력을 체인을 통해 전달해서 뒷바퀴를 움직이는 자전거
앞바퀴를 발걸이로 굴리는 본쉐이커와 앞바퀴가 유난히 큰 오디너리, 체인 드라이브인 안전한 두 바퀴 탈것 세이프티. 1860년대 초반부터 거의 10년 간격으로 등장한 이들 세 가지 탈것은 현대 자전거에 이르는 길목에 우뚝 선 이정표들이다. 특히 세이프티는 1880년대 말 나온 공기 타이어와 결합해 자전거의 기틀을 완성시키면서 1890년대를 자전거 전성기로 떠오르게 했다.

종류

산악자전거(MTB)

미국 캘리포니아 주에서 처음 만들어졌으며, 1996년 애틀란타 올림픽에서 정식 경기종목이 되었다. 산길 등 험한 길에서도 쉽게 달릴 수 있게 만든 자전거로 타이어 및 기어 변속의 폭이 넓어 경사 길을 쉽게 오르내릴 수 있다. 변속기의 단수 표기는 앞기어의 개수와 뒷기어의 개수를 곱한 것으로 21단, 24단, 27단이 주로 사용되고 있다. 특수 제작한 자전거의 차체는 가벼우면서도 단단한 경합금 및 알루미늄, 티타늄, 마그네슘, 크롬 몰리브덴강과 카본 파이버 등을 사용해서 가볍고 강도가 높아 변형이 되지 않으며, 대개 완충장치가 달려 있어 운전자가 받는 충격을 줄여주며, 제동장치 역시 험한 길에서도 잘 작동되도록 튼튼하게 만들어져 있다.

XC(크로스 컨트리)

가장 일반적이면서도 포괄적인 라이딩을 한다. 임도 및 산악지형에서도 달릴 수 있으며 장거리 라이딩을 XC로 보면 된다. 힐 클라이밍도 XC에 속한다. 효율이 높고 가벼운 것이 장점이다. 올림픽 정식 종목이다.

All Mountain

전문 레이서가 아닌 동호인에게 가장 알맞은 스타일이기도 하다. All Round라고 하기도 하며 XC와 프리라이딩의 중간으로 보면 된다. 웬만한 급경사나 험로를 내려올 수 있게끔 고안된 자전거이다. 프레임에 뒤 서스펜션Rear Suspension이 장착되어 있다.

FR(Free Ride)

자전거가 발전함에 따라 더 과격한 라이딩의 요구에 맞추어 더 튼튼한 자전거가 필요하게 되었고 여기에 부합되는 자전거이다. 올 마운틴보다는 DH(다운힐)에 가깝고 어느 정도의 드랍이나 점프도 가능한 자전거이다.

다운힐(DH)

글자 그대로 다운힐(내리막길)만을 위하여 만들어진 자전거로서 충격 흡수와 제동력에 중점을 둔 자전거이다. 강한 제동력을 위하여 주로 디스크 브레이크를 사용하며 다른 자전거에 비해서 무겁다. 풀 서스펜션이 일반적이며 주로 하나의 체인링을 사용한다. 외관이 오토바이처럼 무겁게 생긴 자전거이다.

트라이얼모터

트라이얼을 자전거로 할 수 있도록 특화된 자전거이다. 스페인의 Ot-pi라는 사람이 BMX를 개조한 자전거로 시도한 것이 그 시초이다. 앞뒤 다 서스펜션이 없는 리지드 포크를 사용하며 순간적인 순발력을 내기 위해 기어 비는 가볍게 맞춰 놓고 탄다.

BMX Bicycle Motor cross

오토바이를 타는 듯한 기분을 즐길 수 있는 자전거로 핸들을 360도 회전시킬 수 있는 것이 특징이며, 점프, 점프회전 등의 묘기도 가능하다. 작은 바퀴에 넓은 타이어로 되어 있어서 언덕이나 산길을 가리지 않고 달리며 심지어는 계단까지도 오르내리는 자전거이다. 마치 오토바이와 같다고 해서 BMX라는 이름이 붙었다.

경기용 자전거 Road bike/Track bike

보통은 사이클이라고 하며 빠른 주행을 목적으로 제작된 자전거로 무게가 가볍고 날렵하게 생겼으며 트랙 및 도로 경기용이 있다. 트랙용 자전거의 기어는 고정기어이며, 경륜용 자전거도 마찬가지다. 반면 도로 경기용 자전거의 기어는 변속이 가능하다.

탠덤 자전거 Tandem bike

두 사람이 앞뒤로 탈 수 있도록 제작된 자전거이며 옆으로 나란히 탈 수 있는 자전거는 social bike라고 한다. 여럿이 함께 탈 수 있는 자전거도 있다.

외발자전거 Unicycle

한 개의 바퀴 위에 안장을 부착한 자전거로서 주로 묘기용으로 개발되었지만 최근에는 산악용으로 즐기는 사람들도 생겨나고 있다.

리컴번트 자전거 Recumbent Bike

누워서 타는 자전거로서 공기 저항이 적고 편안한 자세로 탈 수 있어 일반적으로 직립자전거보다 더 빠르다.

손발 자전거 Hand & Foot Bike

손과 발 모두를 이용하여 전진하는 자전거로서 전신운동이 되며 노약자나 부녀자, 지체장애인 등이 사용할 수 있는 자전거이다.

고정 기어 자전거 Fixed bike

최근 젊은 층 사이에서 상당히 인기가 많은 자전거로서 픽시[fixie]라고도 부른다. 형태적으로는 도로 자전거와 비슷한 모양을 하고 있으나 변속기 없이 하나의 톱니만 가지고 있으며, 축과 톱니가 고정이 되어 있어서 페달을 밟을 때에만 바퀴가 굴러가며 페달을 뒤로 돌리면 바퀴가 뒤로 돌아가게 된다. 그래서 BMX처럼 묘기 또한 가능한 자전거이다(BMX는 고정기어와는 다르지만 코스타 브레이크라는 방식으로, 페달을 뒤로 돌리면 브레이크가 걸린다). 빠른 속도 또한 사이클을 닮은 이 자전거의 특징이다(트랙 경기용 사이클이 모두 고정기어 자전거이다).

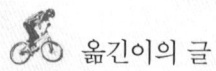 **옮긴이의 글**

자전거에 빠져 지낸 지 7년 쯤 된다. 그때 처음 타봤다는 말은 아니다. 중학교 때 3년 간 자전거 통학을 했다. 하지만 그 물건, 그 통행의 방식을 특별히 사랑하지는 않았다. 그럼 7년 전에 어떤 일이 있었던가.

우연한 기회에 친한 후배에게서 그가 쓰던 캐논데일 산악자전거, 이른바 MTB 한 대를 얻었다. 레프티 혹은 외발 샥이라고 해서 한쪽에만 충격 흡수 포크가 달린 자전거였다. 한 마디로 환상적이었다. 내가 생각하는, 혹은 알고 있던 자전거의 형상과 개념에서 멀찌감치 벗어나 있는 전복적인 스타일의 멋진 녀석이었다. 요즘 애들 식으로 표현하면 아주 새근했다고 해야 하나.

나는 이놈에게 급속히 매혹됐다. 허나 전 주인이 워낙 터프하게 탔던 터라 고장이 잦아서 눈물을 머금고 처분할 수밖에 없었다. 그 상실감 때문이었는지 그 뒤로 무려 20여 대의 자전거를 갈아 치웠다. 산악자전거, 접이식 미니벨로, 비접이식 미니벨로, 투어링 바이크, 로드 바이크 등등. 다양한 유형의 자전거를 미친 듯이 섭렵했다. 종류가 그토록 많다는 것도 그 때 알았다. 자전거를 타기 위해 자전거를 팔고 사는 것인지, 자전거를 갖기 위해서 자전거를 타는 것인지 모를 지경이었다.

나는 내가 최근 몇 년간 경험한 자전거들과 과거의 투박한 버전들은 근본적으로 이종異種이라고 생각한다, 마치 네안데르탈 인과 호모 사피엔스가 '다른' 사람들이듯이. 그럼 이처럼 진화된 자전거를 타는 라이딩 행위 또한 진화된 것일까. 당연히 그렇다고 본다.

예전의 내 주변에도 상당히 여러 종의 자전거가 있었다. 흔히 신사용 자전거라고 부르던 것에서부터 양조장이나 정미소에서 무거운 짐을 운반하던 짐자전거에 이르기까지 꽤 다종다기했다. 하지만 핸들에서 조작하는 인덱스 방식의 기어와 손쉽게 휠(바퀴)을 탈착할 수 있는 퀵릴리스, 30단이 넘는 변속 장치, 강도와 경량을 동시에 실현한 카본이나 티타늄 프레임은 꿈도 꾸지 못할 것들이었다. 그 시절 자전거는 쇠로 만든 단순한 싸구려 탈것으로 오토바이나 자동차보다 전근대적이고 열등한 물건에 불과했다.

옮긴이의 글 | 241

그러나 지금의 자전거들은 그렇지 않다. 가격으로나 품위로나 절대로 자동차나 오토바이의 아래에 위치하지 않는다. 저 비할 데 없이 우아한 토마지니 자전거를 타고 있는 라이더로서의 나 또한 페라리를 모는 운전자에 비해 전혀 격이 떨어지지 않는다고 생각한다. 요컨대 현대의 자전거 라이더와 자동차 드라이버는 대등하게 도로를 공유하는 관계이다. 물론 아직 주도권은 내연기관 유저(운전자)들에게 있다. 허나 그건 단지 그들이 다수여서일 뿐이지, 주행 경쟁력을 따지자면 강력한 체력과 운동감각, 환경 마인드적인 높은 도덕성까지 갖춘 라이더들을 따라올 수는 없다. 우리들, 즉 라이더들은 도로 위의 패자가 될 충분한 능력과 자격이 있다. 착각일 뿐이라고? 천만에.

자동차의 직계 선조에 해당되는 탈것이 무엇이라고 생각하는가. 이 질문을 받는 사람 중 열에 아홉은 마차라고 대답할 것이다. 아니다. 자전거다. 포드 자동차의 원형은 삼륜 자전거에 엔진을 얹은 것이었다. 마차와 자동차는 다른 세계관의 산물이다. 마차의 세상에서 그걸 움직이는 힘은 차체 외부에 있었고, 자동차의 세상에서는 차체 내부에 있다. 이 개념의 차이는 뉴턴과 아인슈타인만큼이나 크고 혁명적이다. 이처럼 내부 동력으로 움직여서 간다는 사고방식을 최초로 제시한 것이 바로 마차나 자동차가 아닌 자전거였다는 사실을 사람들은 얼마나 알까.

자전거에서 자동차로 진화해간 것은 맞지만 오직 그 길로만 간 것은 아니다. 또 한 갈래의 경로가 있었다. 앞서 잠깐 말했듯이 원시 자전거에서 호모 사피엔스적인 신新자전거로의 진화가 그것이다. 그건 마치 공동의 원숭이 조상에서 나와 한 무리는 침팬지와 고릴라 등으로, 다른 한 무리는 인간으로 평행하게 진화한 영장류의 역사와 비슷하다. 자동차와 신자전거 중 어떤 것이 현생 인류에 해당될까. 라이더로서 내가 침팬지가 아님은 확실하다. 탈것에 관한 한 나는 가장 진화된 기종을 타는, 세상과 미래를 생각하는 진보(화)된 사람이다. 그렇다면 운전자는?

자동차를 일거에 버릴 수는 없겠지만, 가능한 한 자전거를 가까이 해보라. 환경과 건강과 생활이 하나 되는, 공존과 조화의 관계를 만끽할 수 있는 새로운 세상이 열릴 터이니.

두껍지 않으면서도 더할 나위 없이 내용이 풍부하고, 많은 화두를 던지고 있는 이 책을 쓴 로버트 허스트의 직업은 자전거 메신저다. 자전거를 타고 서류와 편지 등을 전해주는 사설 우편 배달원. 자전거는 이 메신저를 뛰어난 저술가로 만들었다. 그만큼 자전거는 위대한 무엇이다. 이 책의 원제는 《The Cyclist's Manifesto자전거주의자 선언》이다. 만국의 라이더여! 자부심을 가져라!

2012년 11월 박종성

우리가 자전거를 타야 하는 이유

한국어판 ⓒ 섬앤섬 출판사, 2012

지은이 Robert Hurst
옮긴이 박종성

발행인 김현주
편집장 한예솔
디자인 노병권
마케팅 한희덕

등록 2008년 12월 1일 제396-2008-000090호
주소 (410-909) 경기도 고양시 일산동구 호수로 340-38 1016호(비잔티움 일산 1)
주문 및 문의 전화 070-7763-7200 팩스 031-907-9420

2012년 11월 25일 펴낸 책

이 책은 저작권법에 따라 보호받는 저작물이므로 무단 전재와 복제를 금하며, 이 책 내용의 전부 또는 일부를 이용하려면 반드시 저작권자와 섬앤섬 출판사의 서면 동의를 받아야 합니다.

ISBN 978-89-97454-06-8 03800

값은 뒤표지에 있습니다. 잘못 만든 책은 교환해 드립니다.